아서 새빌 경의
범죄

Lord Arthur
Savile's Crime

오스카 와일드
정영목 옮김

아서 새빌 경의 범죄

Lord Arthur Savile's Crime

「오스카 와일드」(정중원)

차례

아서 새빌 경의 범죄

— 의무에 대한 연구

1

윈더미어 부인의 부활절 전 마지막 연회였기 때문에 벤팅 크하우스는 평소보다 훨씬 더 북적거렸다. 각료 여섯 명은 하원의장 연회에서 바로 오는 바람에 별 모양 휘장과 훈장을 그대로 달고 있었고, 예쁜 여인들은 모두 가장 맵시 있는 옷으로 차려입고 있었다. 그림이 진열된 방 끝에는 카를스루에[1]의 소피아 공주가 서 있었다. 몸집은 육중하고 눈은 작고 검어서 타타르인처럼 보이는 이 여자는 아름다운 에메랄드 여러 개로 치장을 했다. 그녀는 형편없는 프랑스어로 목청껏 떠들다가 누가 자기한테 말이라도 걸면 우렁차게 웃음을 터뜨렸다. 정말이지 가지각색의 사람들이 모인 자리였다. 화려한 귀족 부인이 과격한 급진파 인사와 사근사근하게 잡담을 나누었고, 인기 있는 전도사가 유명한 회의주의자와 어깨를 맞대고 두런거렸고, 주교 한 무리가 풍채 좋은 프리마돈나를 이 방

---

[1] 독일 남서부에 있는 도시로, 1919년 바덴 대공국이 주(州)로 전환될 때까지 1771년부터 대공국의 수도였다.

저 방으로 쫓아다녔고, 층계에는 왕립 미술원 회원들이 예술가인 양 서 있었고, 조금 전에는 식당이 천재들로 미어터졌다는 이야기도 있었다. 사실 이날은 윈더미어 부인에게 최고의 밤이라 할 만했으며, 소피아 공주도 12시가 다 되도록 자리를 지켰다.

공주가 떠나자 윈더미어 부인은 곧 그림이 있는 방으로 돌아갔다. 그곳에서는 유명한 정치경제학자가 과학적 음악 이론을 설명하고 있었고, 헝가리 출신의 대음악가가 씩씩대며 그 이야기를 듣고 있었다. 윈더미어 부인은 페이즐리 공작 부인과 이야기를 나누기 시작했다. 윈더미어 부인은 놀랍도록 아름다웠다. 상아 빛깔의 목에서는 기품이 드러났으며, 큰 눈은 물망초 빛깔이었고, 풍성한 곱슬머리는 황금 빛깔, 다시 말해 or pur, 그러니까 순금 빛깔이었다. 요즘 들어 황금 빛깔이라는 우아한 이름을 찬탈해 버린 옅은 지푸라기 색깔이 아니라, 햇살 속에 깃들어 있거나 묘한 호박(琥珀) 속에 감추어진 그런 황금 빛깔이었다. 이 머리카락 때문에 그녀의 얼굴은 성자의 후광에 둘러싸인 듯한 인상을 주었지만, 그럼에도 죄인 특유의 매력 또한 물씬 풍겼다. 윈더미어 부인은 심리학적으로 볼 때 진귀한 연구 대상이었다. 그녀는 무분별함만큼 세상에 순결함과 흡사해 보이는 것은 없다는 중요한 진리를 일찌감치 터득했다. 그래서 일련의 무모한 탈선을 감행한 끝에 (그 가운데 반은 전혀 무해한 것이었지만) 명사(名士)의 모든 특권을 손에 쥘 수 있었다. 그녀는 한 번 이상 남편을 바꾸었다. 사실《디브렛 귀족 연감》은 그녀가 세 번 결혼한 공로를 인정하고 있었다. 그러나 애인은 한 번도 바꾼 적이 없기 때문에 그녀는 꽤 오랫동안 추문으로 인한 구설수에 오르지 않았다. 윈더미어 부인은 이제 나이가 마흔이었고 자식은 없었으며 무절제한 쾌락 추구에 몰두했는데, 실은 그것이 젊음을 유지하는 비결이기도 했다.

갑자기 윈더미어 부인은 눈을 빛내며 방을 둘러보더니 또렷한 콘트랄토 목소리로 말했다. "우리 수상가(手相家)는 어디 있죠?"

"뭐라고요, 글래디스?" 공작 부인이 자기도 모르게 흠칫 놀라며 소리쳤다.

"수상가 말이에요, 공작 부인. 나는 요즘 수상가 없이는 못 살거든요."

"어머, 글래디스! 언제나 독특하기도 하셔라." 공작 부인이 중얼거리며 수상가가 도대체 뭐하는 사람인지 기억을 더듬었다. 그것이 수족의(手足醫)와 같은 뜻이 아니기를 바랄 뿐이었다.

"그 사람은 매주 두 번씩 꼬박꼬박 내 손을 봐 주러 온답니다." 윈더미어 부인이 말을 이었다. "손을 보고 아주 재미있는 이야기도 해 주고요."

'세상에나!' 공작 부인이 속으로 중얼거렸다. '그러니까 결국 일종의 수족의라는 얘기네. 이렇게 망측할 수가. 어쨌든 외국인이었으면 좋겠는데. 그럼 그렇게까지 흉하다고는 할 수 없을 테니까.'

"정말이지 공작 부인께도 소개해 드려야겠어요."

"소개를 한다고요!" 공작 부인이 소리를 질렀다. "설마 그 사람이 지금 여기 있단 말씀은 아니겠죠?" 공작 부인은 주위를 두리번거리며 작은 거북 껍질 부채와 아주 낡은 레이스 숄을 찾기 시작했다. 여차하면 자리를 뜰 심산이었다.

"물론 여기 있죠. 그 사람 없이는 파티를 열 생각도 못 했을 거예요. 그 사람 말이 내 손은 순수하게 영적이라고 하더군요. 만일 내 엄지손가락이 조금만, 아주 조금만 짧았어도 나는 영락없이 염세주의자가 되어서 수녀원에 들어갔을 거라던데요."

"아, 알겠어요!" 공작 부인이 크게 안도한 표정으로 말했다. "그러니까 행운 점을 치는 사람이로군요?"

"불운도 읽어 내죠." 윈더미어 부인이 대답했다. "실제로 아무리 큰 불운이라도 다 이야기해요. 예를 들면 내년에 내가 큰 위험에 처한대요. 뭍에서든 물에서든 다 마찬가지래요. 그래서 내년에는 기구(氣球)에서 살 생각이에요. 매일 저녁 바구니로 먹을 걸 끌어 올려 먹으면서 말이에요. 그게 다 내 새끼손가락에, 아니, 손바닥인가, 어디인지 잊어버렸네, 어쨌든 거기 씌어 있다는 거예요."

"하지만 그건 신의 섭리에 도전하는 거잖아요, 글래디스."

"어머, 공작 부인, 신의 섭리도 이제는 도전을 이겨 낼 때가 되지 않았나요. 나는 모든 사람들이 한 달에 한 번은 수상을 봐야 한다고 생각해요. 그래야 뭘 하면 안 되는지 알 수 있잖아요. 물론 그래도 할 건 다 하겠죠. 하지만 미리 경고를 받는다는 건 기분 좋은 일 아닌가요. 자, 누가 당장 가서 포저스 씨를 데려오지 않을 거라면, 내가 직접 가는 수밖에 없겠네요."

"제가 가겠습니다, 윈더미어 부인." 옆에 서서 흐뭇한 미소를 띤 채 대화를 듣고 있던 키가 크고 잘생긴 청년이 말했다.

"정말 고마워요, 아서 경. 하지만 얼굴을 모르실 텐데."

"그 사람이 지금 말씀하신 것처럼 뛰어난 사람이라면 설마 못 알아보고 지나치기야 하겠습니까, 윈더미어 부인? 어떻게 생겼는지 말씀해 주십시오. 당장 데려오겠습니다."

"흠, 수상가처럼 생기지는 않았어요. 그러니까 신비하지도, 비밀스럽지도 않고, 낭만적으로 보이지도 않는다는 거예요. 키는 작은데 어깨는 딱 벌어졌죠. 머리는 기묘하게 훌렁 벗어졌고요. 또 멋진 금테 안경을 썼어요. 전체적으로 주치의와 시골 변호사의 중간쯤 되는 느낌이에요. 정말 유감스럽기 짝이 없는 일이지만, 그게 뭐 내 잘못은 아니잖아요. 사람들이란 정말 짜증 나지 않나요. 내가 데리고 있는 사람들을 보면, 피아니스트들은 모두 시인처럼 생겼고, 시인들은 모두 피아니스트처럼 생겼으니 말이에요. 그러고 보니 기억이 나는데, 지난 시즌에는 아주 무시무시한 음모가를 만찬에 초대했어요. 폭탄으로 많은 사람의 목숨을 날려 버린 인물이었지요. 늘 쇠 미늘 갑옷을 입고 소매에는 단검을 찔러 넣고 다닌다는 소문도 있었죠. 그런데 막상 만나 보니 늙은 성직자처럼 점잖게 생긴 것 아니겠어요. 게다가 저녁 내내 어찌나 농담을 잘하던지. 물론 아주 재미있기는 했지만, 그래도 나는 무지하게 실망했어요. 내가 쇠 미늘 갑옷 이야기를 물어보니까 그는 너털웃음을 터뜨리더니 잉글랜드에서는 너무 추워 입을 수가 없다고 대답하더군요. 아, 포저스 씨가 오셨네! 자, 포저스 씨, 페이즐리 공작 부인의 수상 좀 봐 줘요. 공작 부인, 장갑은 벗으셔야 해요. 아뇨, 왼손이 아니고 오른손."

"글래디스, 정말이지 이게 옳은 짓인지 모르겠네." 공작 부인은 그렇게 말하면서도 느릿느릿 약간 꾀죄죄한 염소 가죽 장갑의 단추를 풀었다.

"재미있는 일치고 옳은 일 보셨어요?" 윈더미어 부인이 말했다. "On a fait le monde ainsi.[2] 아, 하지만 먼저 소개부터 할게요. 공작 부인, 여기는 내가 좋아하는 수상가 포저스씨예요. 포저스 씨, 여기는 페이즐리 공작 부인이에요. 만일 공작 부인 손에 있는 달의 산이 내 것보다 크다고 말하면 앞으로 다시는 당신 말을 안 믿을 거예요."

"그럼요, 글래디스. 내 손에는 그런 건 전혀 없어요." 공작 부인이 엄숙한 표정으로 말했다.

"그 말씀이 정말 맞습니다, 각하 부인." 포저스 씨는 짧고 굵은 손가락들이 달린 작고 오동통한 손을 흘끗 보며 말했다. "달의 산은 발달하지 않았군요. 하지만 생명선은 훌륭합니다. 손목을 좀 굽혀 주시겠습니까. 고맙습니다. 손목에서 손으로 이어지는 선 세 개가 뚜렷하군요! 장수하시겠습니다, 공작 부인. 그리고 무척 행복하실 거고요. 야망은…… 아주 알맞군요, 지성선이 지나치게 뚜렷하지 않고, 애정선은……."

"신중하게 굴 필요 없어요, 포저스 씨." 윈더미어 부인이 소리쳤다.

"저야 더 없이 즐거울 따름이지요." 포저스 씨는 고개를 꾸벅 숙였다. "공작 부인께서 과거에 신중하지 않으셨다면 말입니다. 하나 이런 말씀드리기 죄송합니다만, 강한 의무감으로 애정이 꾸준하게 유지되는 양상이 보이는군요."

"어서 계속하세요, 포저스 씨." 공작 부인이 말했다. 아주 즐거운 표정이었다.

"절약도 각하 부인의 큰 미덕 가운데 하나로 꼽을 수 있겠군요." 포저스 씨가 말을 이었다. 그러자 윈더미어 부인이 자

2 프랑스어로, "그게 세상 돌아가는 이치죠."라는 뜻이다.

지러지게 웃음을 터뜨렸다.

"절약은 아주 좋은 것이에요." 공작 부인이 은근하게 말했다. "내가 페이즐리와 결혼했을 때 그이한테는 성이 열한 개였지만, 들어가 살 만한 집은 한 채도 없었다우."

"그래서 지금은 집이 열두 채지만 성은 하나도 없군요." 윈더미어 부인이 소리쳤다.

"그러니까 그게 말이에요." 공작 부인이 말했다. "내가 좋아하는 것은……"

"안락함이죠." 포저스 씨가 말했다. "그리고 현대적 개량. 예를 들어 방마다 온수가 나오는 것 말입니다. 각하 부인 말씀이 전적으로 옳습니다. 안락이야말로 문명이 우리에게 줄 수 있는 유일한 것이지요."

"공작 부인의 성격을 멋지게 말해 주었어요, 포저스 씨. 자, 이제 플로라 양의 성격을 말해 보세요." 여주인이 웃음을 지으며 고개를 끄덕이자 소파 뒤에서 스코틀랜드인 특유의 모래 빛깔 머리에 키가 크고 어깨뼈가 높은 처녀가 어색하게 걸어 나오더니 손가락 끝이 주걱 모양인 앙상한 손을 내밀었다.

"아, 피아니스트시군요! 한눈에 알겠습니다." 포저스 씨가 말했다. "뛰어난 피아니스트예요. 하지만 음악가라고는 할 수 없겠는데요. 아주 과묵하고 아주 정직하고 또 동물을 무척 사랑하시는군요."

"딱 맞네요!" 공작 부인이 탄성을 지르더니 윈더미어 부인을 돌아보았다. "정말 그대로예요! 플로라는 마클로스키에서 콜리 강아지를 스물네 마리나 키워요. 자기 아버지만 허락하면 우리 런던 집을 동물원으로 만들고 말 거예요."

"나는 목요일 저녁마다 내 집을 그렇게 만드는데요, 뭐."

윈더미어 부인이 큰 소리로 말하고는 웃음을 터뜨렸다. "다만 나는 콜리보다 사자[3]를 더 좋아할 뿐이죠."

"저야 윈더미어 부인께서 실수로 데려오셨습니다만." 포저스 씨는 그렇게 말하면서 오만하게 고개를 숙여 보였다.

"여자가 자신의 실수를 매력적으로 보이게 하지 못한다면 그 여자는 암컷에 지나지 않아요." 그녀의 답이었다. "어쨌든 수상이나 더 봐 줘요. 이리 오세요, 토머스 경. 포저스 씨한테 손을 보여 주시죠." 그러자 하얀 조끼를 입은 온화해 보이는 노신사가 앞으로 나오더니 두툼하고 거친 손을 내밀었다. 가운뎃손가락이 무척 길었다.

"모험적인 성격이시로군요. 과거에 네 차례 긴 항해를 했고 앞으로도 한 번 더 하시겠습니다. 난파를 세 번 당하셨군요. 골수 보수당원이시고 시간을 반드시 지키고 진귀한 물건을 수집하는 취미가 있으시군요. 열여섯에서 열여덟 살 사이에 큰 병을 앓으셨네요. 서른 무렵에 큰 유산을 물려받으셨고요. 고양이와 급진파는 질색하시는군요."

"대단하오!" 토머스 경이 탄성을 질렀다. "집사람 손도 꼭 좀 봐 주시오."

"두 번째 부인 말씀이시겠죠." 포저스 씨가 토머스 경의 손을 잡은 채로 조용히 말했다. "두 번째 부인. 저야 기쁠 따름입니다." 그러나 갈색 머리에 속눈썹이 다감해 보이는 우울한 표정의 마블 부인은 자신의 과거나 미래를 드러내기를 한사코 거부했다. 러시아 대사 무슈[4] 드 콜로프 역시 윈더미어 부

---

3 예술계나 문단의 촉망받는 인사나 실력자를 가리킨다.
4 Monsieur. 남자의 이름 앞에 붙이는 프랑스어 경칭.

인이 아무리 애를 써도 장갑조차 벗지 않았다. 사실 꽤 많은 사람들이, 금테 안경을 쓰고 구슬 같은 눈을 반짝거리며 입가에서 미소를 잃지 않는 이 기묘한 작은 남자와 마주 보는 것조차 두려워했다. 이 남자가 가엾은 퍼모 부인의 손을 살피다가 그녀가 음악은 조금도 좋아하지 않지만 음악가는 아주 좋아한다고 사람들 앞에서 내뱉는 바람에, 모두들 수상이 아주 위험한 과학이며 단둘이 있을 때가 아니면 절대 권할 일이 아니라고 생각하는 것 같았다.

그러나 퍼모 부인의 안타까운 속사정을 전혀 알지 못한 채 큰 관심을 가지고 포저스 씨를 지켜보던 아서 새빌 경은 자신의 수상은 어떨지 무척 궁금했다. 그는 쑥스러워하는 표정으로 윈더미어 부인이 앉아 있는 곳으로 다가가서 얼굴에 매력적인 홍조를 띠며 포저스 씨에게 부탁을 해도 괜찮겠느냐고 물었다.

"그럼요, 괜찮고말고요." 윈더미어 부인이 말했다. "그 일을 하려고 포저스 씨가 여기 와 있는 거니까요. 아서 경, 내 사자들은 모두 공연을 해요. 내가 요청하면 언제든지 고리를 통과하죠. 하지만 미리 말해 두는데, 나는 들은 이야기를 시빌한테 모두 전할 거예요. 내일 시빌이랑 점심을 함께 먹으며 보닛 이야기를 하기로 했거든요. 만일 포저스 씨가 아서 경의 성질이 나쁘다거나 통풍을 일으키기 쉽다거나 베이스워터[5]에 부인이 있다든가 하는 사실을 알아내면, 나는 당연히 시빌한테 그 이야기를 할 거예요."

5 런던 서부에 자리한 동네로, 당시 상류 계층 인사들의 주된 활동지에서 벗어난 지역이다.

아서 경은 웃음을 지으며 고개를 저었다. "겁날 것 없습니다. 내가 시빌을 잘 아는 만큼 시빌도 나를 잘 알고 있거든요."

"아! 그 말을 들으니 약간 안됐다는 생각이 드네요. 결혼은 서로 간의 오해를 바탕으로 하는 건데. 아니, 내가 냉소적이어서 하는 말이 아니에요. 다만 경험이 풍부할 뿐이죠. 사실 그게 그거지만. 포저스 씨, 아서 새빌 경이 수상을 보고 싶어서 죽을 지경이라는군요. 이분이 런던에서 가장 아름다운 아가씨와 약혼했다는 이야기는 하지 않아도 돼요. 그건 이미 한 달 전에 《모닝 포스트》[6]에 났으니까."

"윈더미어 부인." 제드버러 후작 부인이 소리쳤다. "포저스 씨가 여기 좀 더 있게 해 주세요. 방금 나한테 무대에 진출해야 한다고 했는데, 이것저것 궁금한 게 많아서요."

"그런 말을 했다니 포저스 씨를 얼른 데려와야겠네요, 제드버러 부인. 어서 이리 오세요, 포저스 씨. 아서 경의 손금 좀 읽어 봐요."

"흠." 제드버러 부인은 소파에서 일어서며 얼굴을 약간 찡그렸다. "무대에 진출하는 걸 허락받을 수 없다면, 관객이 되어도 좋다는 허락이라도 받아야겠네요."

"물론이죠. 우리 모두 관객이 되어야죠." 윈더미어 부인이 말했다. "자, 포저스 씨, 우리한테 반드시 뭔가 멋진 말을 해 줘야 해요. 아서 경은 내가 특별히 아끼는 분이거든요."

포저스 씨는 아서 경의 손을 보더니 얼굴이 묘하게 창백해지면서 아무 말도 하지 않았다. 몸서리를 치는 것 같았다. 크고 숱이 많은 눈썹이 발작적으로 꿈틀거렸다. 그는 당황할

6   19세기에 인기 있던 신문으로, 런던 사교계의 소식을 전했다.

때면 보는 사람이 짜증 날 만큼 그런 식으로 눈썹을 움직이곤 했다. 이윽고 누런 이마에 굵은 땀방울이 맺히기 시작했다. 독이슬 같았다. 통통한 손가락들은 차갑게 식으면서 끈적거리기 시작했다.

아서 경도 이 이상한 동요의 기미를 느꼈다. 아니, 그 정도가 아니라 평생 처음으로 두려움까지 느꼈다. 당장 방에서 뛰쳐나가고 싶은 것을 간신히 참아 냈다. 이렇게 끔찍한 불확정성을 견디느니 무엇이 되었든 최악의 진실을 아는 편이 차라리 나을 것 같았다.

"어서 말씀하시지요, 포저스 씨."

"다들 기다리고 있잖아요." 윈더미어 부인이 짜증을 내며 괄괄하게 소리쳤다. 그러나 수상가는 아무 대답도 하지 않았다.

"아서가 무대에 진출한다는 것 아닐까요." 제드버러 부인이 말했다. "하지만 아까 꾸짖으신 게 있으니 포저스 씨가 말을 못 하는가 봐요."

갑자기 포저스 씨는 아서 경의 오른손을 내려놓더니 왼손을 잡았다. 손을 살피느라 허리를 너무 굽히는 바람에 안경의 금테가 손바닥에 닿을 것 같았다. 갑자기 그의 얼굴이 공포의 백가면으로 변했다. 그러나 곧 냉정을 되찾고 윈더미어 부인을 올려다보더니 억지로 웃음을 지었다. "매력적인 청년의 손이로군요."

"당연히 그렇죠!" 윈더미어 부인이 대답했다. "하지만 그 청년이 매력적인 남편이 될까요? 내가 알고 싶은 건 그거예요."

"매력적인 청년은 다 매력적인 남편이 되지요." 포저스 씨가 말했다.

"남편이 너무 매력적이면 안 된다고 생각해요." 제드버러 부인이 생각에 잠긴 얼굴로 중얼거렸다. "그건 너무 위험해."

"이런, 딱하기는. 남편이 어떻게 너무 매력적일 수가 있죠." 윈더미어 부인이 소리쳤다. "어쨌든 내가 원하는 건 좀 더 자세한 내용이에요. 자세한 내용이 아니면 재미가 없죠. 아서 경에게 무슨 일이 일어나는 거죠?"

"글쎄요, 몇 달 안으로 아서 경은 항해에 나서게 되는데……."

"아, 그래, 물론 신혼여행이겠군!"

"친척을 한 사람 잃겠습니다."

"설마 누이는 아니겠죠?" 제드버러 부인이 측은한 마음을 드러내며 물었다.

"아, 물론 누이는 아닙니다." 포저스 씨가 나무라듯 손짓하며 대답했다. "먼 친척일 뿐입니다."

"이런, 정말 실망스러운데요." 윈더미어 부인이 말했다. "내일 시빌한테 말해 줄 게 하나도 없네. 요즘 누가 먼 친척한테 관심을 가지겠어요. 먼 친척은 유행이 한물간 지 오래예요. 하지만 시빌도 검은 비단옷을 준비해 두는 게 좋겠군. 어차피 교회 갈 때는 검은 옷이 어울릴 테니까. 그럼 저녁 먹으러 가죠. 다른 사람들이 다 먹어 치웠겠지만 뜨거운 수프는 좀 남아 있을 거예요. 프랑수아가 전에는 수프를 잘 끓였는데 요즘은 정치 때문에 너무 흥분을 해서 당최 안심이 안 된단 말이야. 불랑제 장군[7]이 가만히 좀 있었으면 좋겠는데. 공작 부인, 피

---

7 19세기 말 프랑스의 국방부 장관을 지낸 인물로, 1889년에 정권 인수를 시도하

곤하시죠?"

"전혀 피곤하지 않아요, 글래디스." 공작 부인이 문 쪽으로 어기적어기적 걸어가며 대답했다. "정말 즐거운 시간을 보내고 있어요. 그리고 그 수족의, 아니 수상가는 아주 재미있네요. 플로라, 내 거북 껍질 부채가 어디 있을까? 아, 고마워요, 토머스 경, 정말 고마워요. 내 레이스 숄은 어디 있지, 플로라? 아, 고마워요, 토머스 경, 정말 친절도 하셔라." 이 귀한 인물은 향수병을 두 번이나 떨어뜨리고 나서야 겨우 아래층으로 내려갔다.

아서 새빌 경은 따라가지 않고 난로 옆에 서 있었다. 그는 여전히 두려움에 휩싸여 있었다. 그는 악이 다가오고 있음을 느꼈다. 구역질이 치밀 것 같았다. 그는 누이를 향해 서글픈 미소를 지었다. 누이는 플림데일 경의 팔짱을 끼고 그의 옆을 지나갔다. 분홍색 문직과 진주 덕분에 아름다워 보였다. 윈더미어 부인이 따라오라고 소리쳤지만 아서 경은 듣지 못했다. 그는 시빌 머튼을 생각하고 있었다. 자신과 그녀 사이에 무슨 일이 생길지도 모른다는 생각만으로도 벌써 눈물이 앞을 흐렸다.

이 순간에 누가 아서 경을 봤더라면 네메시스가 팔라스의 방패를 훔쳐 고르곤의 머리를 그에게 보여 주었다고 생각했으리라.[8] 그는 돌로 변한 것 같았고, 우울한 얼굴이 대리석처럼 보였다. 그는 부유하고 좋은 가문에서 태어나 고상하고 사

다가 실패에 그쳤다.

8 그리스 신화의 인물들로, 네메시스는 복수의 여신이고 팔라스는 지혜의 여신 아테나의 별칭이다. 팔라스의 방패에는 고르곤의 머리가 달려 있는데 이것을 보는 사람은 돌로 변했다.

치스러운 생활을 해 온 청년이었다. 천한 근심에서 벗어나 아름답고 천진난만하고 태평하게 살 수 있었다는 점에서 최고의 삶이었다. 그런데 처음으로 '운명'의 무시무시한 신비를, '파멸'의 끔찍한 의미를 인식하게 된 것이다.

이 얼마나 기막히고 어처구니없는 일인가! 내 손에, 자신은 읽지 못하지만 다른 사람은 판독할 수 있는 문자로 어떤 죄의 무시무시한 비밀, 피처럼 붉은 범죄의 표식이 적혀 있단 말인가? 거기서 빠져나갈 방도가 없단 말인가? 보이지 않는 힘에 조종당하는 체스의 말보다, 명예를 얻든 창피를 당하든 도기장 마음대로 만들어지는 그릇보다 하등 나을 게 없단 말인가? 그의 이성은 반항했다. 그럼에도 자신의 머리 위에 어떤 비극이 도사리고 있는 느낌, 갑자기 감당할 수 없는 짐을 짊어지라고 요구받은 듯한 느낌은 사라지지 않았다. 배우들은 운이 좋다. 비극에 나올지 희극에 나올지, 괴로워할지 즐거워할지, 웃을지 울지 선택할 수 있으니. 하지만 현실에서는 그렇지가 않다. 대부분의 경우 어울리지도 않는 역할을 연기할 수밖에 없다. 길든스턴 같은 사람들이 햄릿을 연기하고, 햄릿 같은 사람들이 핼 왕자처럼 농담을 해야 한다.9 세계는 무대다. 하지만 배역은 형편없다.

포저스 씨가 문득 방으로 들어왔다가 아서 경을 보고 흠칫 놀랐다. 추잡하고 통통한 얼굴이 노리끼리하게 변했다. 두 사람의 눈이 마주쳤고, 잠시 정적이 흘렀다.

"공작 부인께서 여기에 장갑 한 짝을 두고 가셔서 말입니

---

9 길든스턴은 셰익스피어의 「햄릿」에 등장하는 중요하지 않은 인물이며, 핼 왕자는 「헨리 5세」에서 왕이 되는 무모한 왕자다.

다, 아서 경. 저더러 가져오라고 하셨거든요." 마침내 포저스 씨가 말했다. "아, 소파 위에 있군요! 그럼 이만."

"포저스 씨, 내가 묻는 말에 솔직하게 대답을 해 주셔야겠습니다."

"다음에 하지요, 아서 경. 공작 부인께서 기다리시거든요. 죄송합니다만 가 봐야겠습니다."

"못 갑니다. 공작 부인께서는 급하지 않으십니다."

"숙녀들을 기다리게 하면 안 되지요, 아서 경." 포저스 씨가 말하며 그늘진 미소를 입에 올렸다. "여자들은 조급하잖습니까."

섬세하게 조각한 듯한 아서 경의 입술이 비틀리며 성마른 경멸감을 드러냈다. 이 순간에 그 가엾은 공작 부인은 그에게 하찮은 존재일 뿐이었다. 아서 경은 포저스 씨가 서 있는 곳으로 다가가 손을 쑥 내밀었다.

"여기서 본 걸 이야기해 주십시오." 아서 경이 말했다. "진실을 말해 달란 말입니다. 나는 알아야겠어요. 나는 애가 아니라는 말입니다."

금테 안경 뒤에서 포저스 씨의 눈이 껌뻑거렸다. 그는 불안한 표정으로 다른 쪽 발로 무게 중심을 옮겼다. 손으로는 번쩍거리는 시곗줄을 신경질적으로 만지작거렸다.

"어째서 제가 그 손에서 아까 말씀드린 것 이상을 보았다고 생각하시는 겁니까, 아서 경?"

"그냥 압니다. 그게 뭔지 어서 말해 주기나 하세요. 돈은 주겠습니다. 수표로 백 파운드를 주죠."

그 순간 녹색 눈이 번쩍이는가 싶더니 다시 흐려졌다.

"기니[10]로 주시겠습니까?" 마침내 포저스 씨가 낮은 목소리로 말했다.

"물론입니다. 내일 수표를 보내지요. 어느 클럽으로 보내면 됩니까?"

"클럽은 없습니다. 그러니까 현재는 없다는 거지요.[11] 주소는……, 아, 제 명함을 드리지요." 포저스 씨는 조끼 호주머니에서 가장자리에 금테를 두른 명함을 꺼내 깊이 고개를 숙이며 아서 경에게 건네주었다. 거기에는 이렇게 적혀 있었다.

셉티머스 R. 포저스
수상 전문가
웨스트 문 스트리트 103a번지

"상담 시간은 10시부터 4시까지입니다." 포저스 씨가 버릇처럼 중얼거렸다. "가족이 다 보시면 할인을 해 드립니다."

"어서요." 아서 경이 소리쳤다. 그는 아주 창백한 얼굴로 손을 내밀었다.

포저스 씨는 불안한 표정으로 주변을 두리번거리더니 문에 묵직한 휘장을 쳤다.

"시간이 좀 걸립니다, 아서 경. 좀 앉는 게 좋겠군요."

"빨리 해 주세요." 아서 경이 다시 소리치며 광택이 나는 바닥에 발을 쾅 굴렀다.

포저스 씨는 미소를 짓더니 가슴 주머니에서 작은 돋보기

---

10   영국의 옛 금화로 21실링에 해당한다.(지금의 1파운드는 20실링에 해당한다.) 당시에 변호사, 의사 등 전문 직업인들은 기니로 수수료를 받았다. 포저스 씨 역시 자신을 전문 직업인으로서 대접해 달라고 요구하고 있는 것이다.

11   클럽 회원권은 사회적 지위의 표식이었다.

를 꺼내 손수건으로 세심하게 닦았다.

"자, 준비가 끝났습니다." 포저스 씨가 말했다.

2

십 분 뒤 공포로 얼굴이 하얗게 질리고 비탄으로 눈을 홉 뜬 아서 새빌 경이 벤팅크하우스에서 달려 나갔다. 커다란 줄 무늬 차일 주위에 서 있던 모피 외투를 입은 하인들을 헤집고 나아갔다. 보이지도 들리지도 않는 것 같았다. 몹시 추운 밤이 었다. 살을 에는 듯한 바람에 광장 주변의 가스등이 확 타오르 다 꺼질 듯 주춤거리곤 했다. 그러나 그의 손은 열로 뜨거웠고 이마는 불처럼 타올랐다. 아서 경은 계속 앞으로 나아갔다. 술 취한 사람처럼 비틀거렸다. 지나가던 경찰관이 호기심 어린 눈으로 바라보았고, 아치 통로 아래 늘어져 있던 거지는 구걸 을 하려다가 움찔했다. 거지의 눈에도 아서 경이 자기보다 더 비참해 보이는 모양이었다. 아서 경은 어느 가로등 밑에 발을 멈추고 자신의 두 손을 들여다보았다. 벌써 손에 피가 묻어 있 음이 눈에 보이는 듯했다. 그의 떨리는 입술에서 희미한 외침 이 터져 나왔다.

살인! 바로 수상가가 그의 손에서 본 것이었다. 살인! 밤 은 이미 아는 것 같았다. 쓸쓸한 바람이 그의 귀에 대고 살인이라고 부르짖는 듯했다. 거리의 어두운 모퉁이마다 살인이 웅크리고 있었다. 살인은 지붕 위에서 그를 굽어보며 싱글거렸다.

아서 경은 우선 공원[12]으로 갔다. 그 어두침침한 숲에 마음이 끌렸다. 아서 경은 난간에 지친 몸을 기대고 축축한 금속에 이마를 식히며 나무들의 떨리는 침묵에 귀를 기울였다. "살인! 살인!" 그렇게 되풀이하면 그 말이 주는 공포가 희미해지기라도 하는 듯 연신 그 말만을 되뇌었다. 그는 자기 목소리에 몸을 부르르 떨었지만, 차라리 에코[13]가 그의 목소리를 듣고 잠든 도시를 꿈에서 깨웠으면 하는 마음이었다. 지나가는 사람 누구라도 붙들고 속을 다 털어놓고 싶어서 미칠 지경이었다.

아서 경은 공원을 떠나 옥스퍼드 가를 가로질러서 좁고 추잡한 골목으로 들어섰다. 짙은 화장을 한 여자 둘이 그가 지나가는 모습을 보고는 조롱했다. 어두운 안마당에서 욕설과 드잡이하는 소리가 들리더니, 곧이어 새된 비명이 울려 퍼졌다. 아서 경이 축축한 현관 계단에 몸을 곱송그렸을 때 가난과 노화로 등이 구부러진 형체들이 눈에 띄었다. 그는 낯선 동정심에 사로잡혔다. 내가 나의 종말을 향해 가야 할 운명인 것처럼, 이 죄와 빈곤의 자식들도 자신들의 종말을 향해 나아갈 운명인가? 이들 역시 나처럼 어처구니없는 연극 속 꼭두각시에 불과하단 말인가?

그러나 아서 경이 눈여겨본 것은 고통의 신비한 면이 아

---

12   하이드파크 공원을 가리킨다.
13   '메아리'라는 뜻으로, 그리스 신화에 나오는 숲의 요정 이름이다.

나라 희극적인 면이었다. 고통이 아무짝에도 쓸모가 없다는 사실, 어처구니없어 보일 정도로 아무런 의미가 없다는 사실. 이 모든 것이 얼마나 모순되어 보이는지! 어쩌면 조화라고는 조금도 찾을 수 없는 것인지! 아서 경은 그날 낮에 자신이 품었던 천박한 낙관주의와 그 뒤에 마주친 삶의 진실이 너무도 어긋나 있음에 놀라움을 느꼈다. 그는 아직 젊디젊었다.

잠시 후 그는 메릴본 교회 앞에 와 있었다. 고요한 도로는 광택 나는 은으로 만든 긴 띠처럼 보였다. 물결치는 그림자들이 띠 위에 군데군데 짙은 덩굴무늬를 찍고 있었다. 줄을 지어 깜빡이는 가스등은 곡선을 그리며 아스라이 멀어져 갔다. 담으로 둘러싸인 집 바깥에 이륜마차 한 대가 외롭게 서 있고 그 안에 마부가 잠들어 있었다. 아서 경은 누가 쫓아오지나 않는지 걱정하는 사람처럼 이따금씩 두리번거리면서 서둘러 포틀랜드플레이스 쪽으로 발을 옮겼다. 리치가 모퉁이에 두 남자가 서서 게시판에 붙은 글을 읽고 있었다. 묘한 호기심이 그의 마음을 흔들었다. 아서 경은 두 남자 쪽으로 건너갔다. 가까이 다가가자 검은 활자로 찍힌 "살인"이라는 글자가 눈에 들어왔다. 아서 경은 흠칫 놀라서 뺨이 시뻘겋게 달아올랐다. 중키에 나이는 서른에서 마흔 사이, 중산모와 검은 외투에 체크무늬 바지 차림, 오른쪽 뺨에 흉터가 있는 남자를 체포하는 데 도움이 되는 정보를 제공하면 보상하겠다는 공고였다. 아서 경은 그것을 몇 번이고 되풀이해서 읽었다. 저 남자가 잡힐까? 어쩌다 얼굴에 흉터가 생겼을까? 언젠가 내 이름이 저렇게 런던 벽에 내걸리겠지? 언젠가는 내 머리에도 현상금이 붙겠지?

그런 생각을 하자 공포 때문에 구역질이 치밀어 올랐다. 아서 경은 몸을 돌려 황급히 밤의 어둠 속으로 몸을 감추었다.

어디로 가는지 스스로도 알지 못했다. 지저분한 집들로 이루어진 미로를 헤매다 어두침침한 거리의 거대한 그물 속에서 길을 잃었다는 희미한 기억뿐이었다. 마침내 피카딜리 서커스에 이르렀을 때는 새벽이 환하게 밝아오고 있었다. 아서 경은 집이 있는 벨그레이브스퀘어 쪽으로 어슬렁어슬렁 걸어가다 코번트가든으로 가는 커다란 짐마차들을 만났다. 하얀 작업복을 입은 짐마차꾼들의 햇볕에 그을린 얼굴은 유쾌해 보였고 곱슬머리는 푸석푸석했다. 그들은 당당하게 앉아서 채찍을 휘두르며 간간이 서로 이름을 불렀다. 방울을 딸랑거리는 말들 가운데 우두머리인 거대한 회색 말 등에는 통통한 소년이 앉아 있었다. 낡은 모자에 앵초를 한 무더기 꽂은 소년은 작은 두 손으로 갈기를 꽉 움켜쥐고 웃음을 터뜨렸다. 잔뜩 쌓인 채소는 아침 하늘을 배경으로 포개진 옥돌 더미, 아름다운 분홍색 장미 꽃잎에 감싸인 초록빛 옥 한 무더기처럼 보였다. 아서 경은 자기도 모르게 이상한 감동을 받았다. 이유는 알 수 없었다. 새벽의 은은한 아름다움 속에 말로 표현할 수 없는 애처로움이 느껴졌다. 아서 경은 아름다움으로 동이 트는 모든 날들, 폭풍우 속에 저무는 모든 날들을 생각했다. 그리고 이 시골뜨기들, 거칠지만 선량한 목소리에 태평한 행동거지를 보여 주는 이 시골뜨기들을 생각했다. 이들에게는 런던이 얼마나 다르게 보일까! 밤의 죄와 낮의 연기로부터 자유로운 런던, 창백한 유령 같은 도시, 무덤들로 이루어진 황량한 도시! 저 사람들은 이곳을 어떻게 생각할까? 그 광채와 그 수치를, 불처럼 번지는 그 격한 기쁨과 그 무시무시한 굶주림을, 아침부터 저녁까지 만들고 부수는 그 모든 것을 조금이라도 알고 있을까? 어쩌면 그들에게 런던이란 과일을 내다 파는 시장, 기껏해야 몇 시간 머물다가 아직 거리가 고요할 때, 여전히 어떤 집도 잠에서 깨어나지 않았을 때 등지고 떠나는 시장에 불과하리라. 아서 경은 그들이 지나가는 모습을 지켜보며 기쁨을 느꼈다. 징을 박은 무거운 구두를 신고 어색하게 걷는 이 사람들은 비록 천해 보이기는 했지만 아르카디아[14]의 한 부분을 거느리고 온 듯한 느낌을 주었다. 그들은 자연과 함께 살아온 듯했다. 자연이 그들에게 평화를 가르쳐 준 것 같다. 그럼에도 그들은 아서 경이 뭘 부러워하는지 모르는 채 살아갔다.

벨그레이브스퀘어에 도착했을 때 하늘은 연한 푸른빛이었다. 정원에서는 새들이 지저귀기 시작했다.

---

14   그리스 중부에 실존하는 지역으로, 이곳은 고대 라틴 문학 속에서 축복과 풍요의 땅으로 묘사되는 목가적 이상향을 가리킨다.

3

아서 경은 12시에 눈을 떴다. 한낮의 해가 상아빛 비단 커튼 사이로 흘러들고 있었다. 아서 경은 일어나서 창밖을 보았다. 더위 때문에 커다란 도시 위로 흐릿한 아지랑이가 걸려 있었다. 지붕은 광택을 잃은 은 같았다. 아래로 아른거리는 녹색 광장에선 아이들 몇이 하얀 나비처럼 가볍게 움직이고 있었다. 보도는 공원으로 가는 사람들로 혼잡했다. 인생이 이처럼 아름다워 보인 적은 없었고, 악한 것들이 이처럼 멀어 보인 적도 없었다.

잠시 후 하인이 쟁반에 초콜릿 컵을 받쳐 들고 들어왔다. 아서 경은 초콜릿을 마신 뒤 복숭앗빛 플러시 천으로 만든 묵직한 휘장을 옆으로 걷고 욕실로 들어갔다. 투명한 얼룩 마노로 만든 천장의 얇은 판석들 사이로 부드러운 빛이 스며들었다. 대리석 욕조의 물은 월장석처럼 은은하게 빛났다. 아서 경은 서둘러 욕조 안으로 뛰어들었다. 시원한 물살이 퍼지면서 목과 머리카락을 간질였다. 그는 수치스러운 기억의 오점을 씻어 내려는 듯 바로 물에 머리를 담갔다. 그는 욕조에서 나오면서 마음의 평화를 느꼈다. 최상에 이른 그 순간의 몸 상태가 그를 지배하고 있었다. 실제로 본성이 아주 섬세하게 움직이는 사람들의 경우에는 이런 일이 자주 일어난다. 감각이란 불과 같아서 파괴뿐 아니라 정화도 하기 때문이다.

아서 경은 식사 후 긴 의자에 풀썩 주저앉으며 담배에 불을 붙였다.[15] 오래된 우아한 문직으로 테두리를 장식한 벽난로 선반 위에는 시빌 머튼의 커다란 사진이 놓여 있었다. 노얼 부인의 무도회에서 처음 보았을 때 모습 그대로였다. 예쁘게 모양을 낸 작은 머리가 한쪽으로 약간 기울어져 있었다. 갈대처럼 가는 목으로는 그 아름다운 머리를 감당하지 못하겠다는 듯이. 입술은 약간 벌어져 있었다. 감미로운 음악이 어울릴 입술이었다. 꿈을 꾸는 듯한 눈 속에서는 연약하고 순수한 소녀가 경이감에 사로잡혀 밖을 내다보고 있었다. 사진 속 시빌은 몸에 달라붙는 부드러운 크레이프드신 드레스를 입고 잎 모양의 커다란 부채를 들고 있어, 타나그라 근처 올리브 숲에서 발견된 우아하고 자그마한 인형[16] 같아 보였다. 자세나 몸가짐에서도 그리스의 우아함이 내비치는 듯했다. 그러나 그녀는 몸집이 작지 않았다. 단지 완벽하게 균형이 잡혀 있을 뿐이었다. 아주 많은 여자들이 지나치게 크거나 작은 시대에 보기 드문 예라고 할 수 있었다.

아서 경은 그녀를 바라보다가 사랑으로 인한 가슴 저린 동정심에 사로잡혔다. 살인이라는 어두운 운명을 따라가야

15   19세기 영국에서 흡연은 유행의 첨단이었다.
16   고대 그리스 타나그라 지방의 고분에서 출토된 기원전 3~4세기의 작은 테라코타 상을 말하며 '타나그라 인형'으로 알려져 있다.

할 사람으로서 그녀와 결혼한다는 것은 유다의 배신과 다름없는 행위로 여겨졌다. 그것은 보르자[17]도 꿈꾸지 못했을 극악한 죄인 것 같았다. 손에 쓰인 무시무시한 예언을 언제 실행하게 될지 모르는 상황에서 그들에게 어떻게 행복이 있을 수 있겠는가? 운명의 여신이 여전히 이 무서운 운을 저울에 올려놓은 상황에서 그들이 어떤 식으로 살아갈 수 있단 말인가? 무슨 일이 있어도 결혼을 미루어야 했다. 이 점에 대해서는 분명한 결심이 섰다. 그녀를 열렬히 사랑했지만, 함께 앉아 있을 때면 손가락만 닿아도 온몸의 신경이 짜릿한 기쁨으로 떨렸지만, 그래도 그는 스스로의 의무가 무엇인지 분명히 알았으며 살인을 저지르기 전에는 결혼할 권리가 없다는 사실을 분명하게 인식했다. 살인만 하고 나면, 범죄를 저지르게 되리라는 공포 없이 시빌 머튼과 함께 제단 앞에 서서 자신의 삶을 그녀의 손에 맡길 수 있을 것이었다. 살인만 하고 나면 그녀가 자기 때문에 얼굴 붉힐 일도, 창피해서 고개를 숙일 일도 없으리라고 자신하며 그녀를 품에 안을 수 있을 터였다. 그러니 우선 살인부터 해야 했다. 빠르면 빠를수록 둘 다에게 좋았다.

그만한 위치에 있는 남자들이라면 대개 의무의 가파른 산비탈을 오르기보다는 앵초가 핀 길에서 빈둥거리는 쪽을 택했으리라. 그러나 아서 경은 양심적인 사람이었다. 쾌락을 원칙보다 앞세울 수는 없었다. 그의 사랑은 정열만으로 이루어진 것이 아니었다. 그에게 시빌은 선하고 고상한 모든 것의 상징이었다. 아서 경은 잠시 자신이 해야 할 일에 역겨움을 느꼈

<hr />

17   교황 알렉산드르 6세의 서자였던 체사레 보르자를 가리킨다. 여러 가지 범죄로 악명이 높다.

지만 그런 감정은 곧 사라졌다. 그의 가슴은 그것이 죄가 아니라 희생이라고 말하고 있었다. 그의 이성은 달리 다른 길이 없다고 일깨우고 있었다. 그는 스스로를 위해 사는 것과 남들을 위해 사는 것 사이에서 선택해야 했다. 자신에게 맡겨진 과제가 틀림없이 무시무시하기는 했지만, 이기심이 사랑을 누르고 승리를 거두는 꼴만큼은 도저히 봐 줄 수 없었다. 조만간 우리 모두 똑같은 문제를 놓고 결정을 내려야 한다. 우리 모두 똑같은 질문을 받게 되리라. 아서 경에게는 그 질문이 인생의 이른 시기에, 그의 본성이 중년의 계산적 냉소주의로 더럽혀지기 전에, 그의 심장이 우리 시대에 유행하는 천박한 자기중심주의에 부식되기 전에 닥쳤을 뿐이다. 그는 자신의 의무를 이행하는 데 아무런 망설임을 느끼지 않았다. 게다가 그는 다행스럽게도 단순한 몽상가, 게으른 딜레탕트[18]가 아니었다. 만일 그랬다면 그는 햄릿처럼 머뭇거렸을 것이고, 우유부단함으로 목적을 망쳐 버렸을 터다. 그러나 그는 기본적으로 실천적인 사람이었다. 그에게 인생이란 생각보다는 행동이었다. 그는 세상에서 가장 드문 것, 그 상식이라는 것을 갖추고 있었다.

이제 전날 밤의 어수선하고 혼탁한 느낌들은 말끔하게 사라지고 없었다. 미친 듯이 거리를 헤맸던 일, 심한 감정적 괴로움에 시달렸던 일을 돌이켜 보니 창피할 정도였다. 자신이 그토록 진지하게 괴로워했다는 사실 때문에 이제는 오히려 그 괴로움이 비현실적으로 느껴졌다. 불가피한 일을 가지고 그렇게 호들갑을 떨다니 그거야말로 가장 어리석은 일 아

---

18 예술이나 학문 따위를 직업이 아닌 취미로 하는 사람들.

닌가. 이제 그를 괴롭히는 유일한 문제는 누구를 죽이느냐 하는 것이었다. 살인은 이교도의 종교와 마찬가지로 사제뿐 아니라 제물도 요구한다는 사실을 그도 잘 알았기 때문이다. 아서 경은 천재가 아니었기 때문에 적이 없었다. 사실 지금은 개인적인 화풀이나 분풀이를 할 때가 아니었다. 그가 맡은 사명은 매우 엄숙했기 때문이다. 아서 경은 종이에 친구와 친척의 이름들을 죽 적었다. 그리고 신중하게 숙고한 끝에, 클레멘티나 보상 부인이 좋겠다고 결론을 내렸다. 그녀는 커즌 가에 사는 친한 노부인이었으며, 외가 쪽으로 육촌 간이었다. 아서 경은 클렘 부인(모두들 그렇게 불렀다.)을 무척 좋아했다. 또 그는 성년이 되면서 럭비 경의 재산을 모두 물려받아 엄청난 부자가 되었기 때문에 그녀의 죽음으로 어떤 천박한 금전적 이익을 얻을 가능성도 전혀 없었다. 생각하면 할수록 그녀가 딱 맞는 사람이라는 느낌이 강해졌다. 아서 경은 일을 늦춘다면 시빌에게 부당한 피해를 주는 짓이 되리라 여겼으므로 즉시 준비하기로 결심했다.

물론 가장 먼저 해야 할 일은, 수상가와 계산을 끝내는 것이었다. 아서 경은 창가의 작은 셰라턴[19]풍 책상에 앉아서 셉티머스 포저스 씨가 현금으로 찾을 수 있도록 105파운드를 수표에 적었다. 그런 다음 수표를 봉투에 넣어서 하인에게 웨스트문 가로 가져가라고 했다. 이어 아서 경은 이륜마차를 보관하는 마구간에 말을 일러둔 뒤 외출을 하려고 옷을 입었다. 그는 방을 나서면서 시빌 머튼의 사진을 돌아보고 자신이 그녀를 위해 하는 일을 그녀에게는 절대 알리지 않겠다고, 자

---

19   18세기 후반 영국의 가구 장인 토머스 셰라턴.

기희생의 비밀을 언제까지나 마음에 감추어 두겠다고 맹세했다.

아서 경은 버킹검[20]으로 가는 길에 꽃가게에 들러, 고운 하얀 꽃잎에 꿩의 응시하는 눈동자 같은 무늬가 있는 아름다운 수선화 한 바구니를 시빌에게 보냈다. 그는 클럽에 도착하자마자 도서관으로 직행한 뒤, 종을 쳐서 웨이터에게 레몬 소다와 독물학(毒物學) 책을 가져다 달라고 주문했다. 아서 경은 이미 이 골치 아픈 일에는 독이 최선의 수단이라고 결정을 내렸다. 직접적인 폭력 따위는 지극히 혐오스러운 일이었다. 게다가 절대 사람들의 눈길을 끌지 않는 방법으로 클레멘티나 부인을 죽이고 싶은 마음이 간절했다. 윈더미어 부인의 집에서 명사 대접을 받는다거나 천박한 사교계 신문 기사에 자신의 이름이 오르내리는 일은 생각만 해도 끔찍했기 때문이다. 게다가 시빌의 부모 생각도 해야 했다. 그들은 약간 구식인 편이므로 추문 같은 것이 생기면 결혼에 반대할 가능성도 있었다. 그러나 만일 그들에게 전모를 밝히면 누구보다 먼저 그의 동기를 이해해 주리라고 확신할 수 있었다. 어쨌든 그런 점들을 고려할 때 독은 당연한 선택이었다. 독은 안전하고 확실하고 조용했다. 무엇보다도 고통스러운 장면을 피할 수 있다는 점이 마음에 들었는데, 대부분의 영국인들처럼 그 역시 그런 장면에는 뿌리 깊은 반감을 품고 있었다.

그러나 아서 경은 독의 과학에 무지했다. 웨이터가 러프의 《가이드》와 베일리의 《매거진》 외에는 도서관에서 아무것도 찾아내지 못하자 아서 경은 직접 서가를 살폈고, 마침내 멋

<hr>

20 클럽 이름.

지게 장정된 『약전(藥典)』과 왕립의과대학 학장 매슈 리드 경이 편집한 어스킨의 『독물학』을 발견했다.[21] 매슈 리드 경은 버킹검의 가장 오래된 회원 중 한 사람이지만 사실 다른 사람 대신 착오로 선출되었다. 위원회는 이 뜻밖의 사고에 격분해서 원래의 인물이 나타나자 만장일치로 반대 투표를 했다. 아서 경은 두 책에서 사용하는 전문적인 용어에 상당히 당황했다. 옥스퍼드에 다닐 때 고전을 열심히 공부하지 않았음이 후회되기 시작했다. 그러나 어스킨의 책 2권에서 아코니틴의 속성에 대한 흥미롭고도 완벽한 설명을 발견할 수 있었는데, 이것은 상당히 분명한 말로 적혀 있었다. 그가 원하던 바로 그 독약인 것 같았다. 그러니까 빠르고(그 효과가 거의 즉시 나타났다.) 고통이 전혀 없었다. 게다가 매슈 경이 추천하는 방식인 젤라틴 캡슐 형태로 먹으면 전혀 역하지도 않았다. 아서 경은 셔츠 소매에 치사량을 적고, 책들을 제자리에 갖다 놓은 뒤 세인트제임스 가를 천천히 걸어올라가 대형 약국 페슬앤드험블리로 갔다. 귀족이 오면 늘 직접 시중드는 페슬 씨는 그의 주문에 무척 놀라며 아주 정중한 태도로 의사의 처방이 필요하다는 이야기를 중얼중얼 전했다. 그러나 아서 경이, 광견병 초기 증상을 보이며 벌써 마부의 종아리를 두 번이나 문 커다란 노르웨이산 마스티프를 없애기 위한 것이라고 설명하자 곧장 아주 흡족한 표정을 지으면서 아서 경이 훌륭한 독물학 지식을 갖추었다고 칭찬하더니 바로 약을 조제해 주었다.

아서 경은 페슬앤드험블리의 보기 흉한 약상자를 버린 다

---

21   《가이드》와 《매거진》은 둘 다 당시의 스포츠 잡지이며, 『약전』은 실제 있는 책
      이지만 『독물학』은 가공의 책이다.

음, 본드 가의 진열장에서 고른 예쁘고 작은 은제 봉봉 상자에 캡슐을 넣고 클레멘티나 부인의 집으로 바로 마차를 달렸다.

"어머, monsieur le mauvais sujet.²²" 아서 경이 들어가자 노부인이 소리쳤다. "왜 그동안 한 번도 안 왔니?"

"클렘 부인, 제 마음대로 할 수 있는 시간이 조금도 없었어요." 아서 경이 미소를 지으며 말했다.

"하루 종일 시빌 머튼 양과 쏘다니며 자질구레한 장신구나 사고, 부질없는 이야기나 했다는 뜻이겠지? 도대체 그까짓 결혼 가지고 사람들이 왜 그리 야단법석을 떠는지 도무지 이해할 수가 없어. 내가 한창이었던 시절에는 사람들 앞에서 남녀가 붙어 가지고 시시덕거리는 일이란 꿈도 못 꿨는데. 그렇다고 단둘이 있을 때 그랬다는 얘긴 아니지만서도."

"정말이지 시빌은 스물네 시간 동안 보지도 못했어요, 클렘 부인. 시빌은 아마 지금 모자 장수들한테 붙들려 있을걸요."

"그렇겠지. 그랬으니 네가 나 같은 추한 노파를 찾아와 준 것 아니겠니. 너희 남자들이란 주의를 줘도 받아들이시를 않으니 정말 놀라울 따름이야. On a fait des folies pour moi.²³ 그런데 지금 날 봐라. 가엾은 류머티즘 환자인 데다 앞머리에는 가발을 대고 성질까지 더럽잖니. 휴, 최악의 프랑스 소설들을 죄다 찾아서 보내 주는 고마운 잰슨 양이 아니면 하루하루를 넘길 수도 없을 거다. 의사들도 아무 소용없어. 그저 돈만 뜯어내려고 할 뿐이지. 내 가슴앓이 하나 못 고치잖니."

---

22 프랑스어로. "이런 못된 것."이라는 뜻이다.

23 프랑스어로. "남자들은 나한테 홀딱 빠졌었지."라는 뜻이다.

"제가 그 증상을 고쳐 줄 약을 가져왔어요, 클렘 부인." 아서 경이 엄숙한 표정으로 말했다. "놀라운 거예요. 미국 사람이 만든 거라고 하더라고요."

"미국에서 만든 건 마음에 안 드는데, 아서. 정말 마음에 안 들어. 최근에 미국 소설 몇 권을 읽어 봤는데 정말 말도 안 되더구나."

"하지만 이건 말이 안 될 게 전혀 없어요, 클렘 부인! 장담하는데 완벽한 약입니다. 꼭 드셔 보겠다고 약속해 주세요." 아서 경은 호주머니에서 작은 상자를 꺼내 클렘 부인에게 건네주었다.

"흠, 상자는 마음에 드는구나, 아서. 정말 선물로 주는 거니? 착하구나, 얘야. 그런데 이게 그렇게 놀라운 약이라고? 꼭 봉봉 과자처럼 보이는데. 당장 먹어 보자."

"맙소사! 클렘 부인." 아서 경이 소리치며 그녀의 손을 잡았다. "그러시면 절대 안 되요. 이건 동종요법(同種療法) 약이에요. 가슴앓이가 없을 때 이걸 드시면 어떤 해를 입을지 몰라요. 가슴앓이가 생길 때까지 기다렸다가 그때 드세요. 그럼 결과에 놀라실 거예요."

"지금 먹고 싶은데." 클레멘티나 부인은 빛을 향해 작고 투명한 캡슐을 들어 올렸다. 액체 아코니틴이 거품처럼 동동 떠 있었다. "틀림없이 맛있을 것 같은데. 솔직히 말해서 말이다, 난 의사가 싫지만 약은 좋거든. 하지만 가슴앓이가 올 때까지 참고 기다리마."

"그게 언제일까요?" 아서 경이 간절한 눈빛으로 물었다. "빨리 올까요?"

"일주일은 제발 그냥 지나갔으면 좋겠다. 어제 아침에 가

습앓이 때문에 심하게 고생했거든. 하지만 모르는 일이지."

"그럼 이달 말 전에는 꼭 한 번 올까요, 클렘 부인?"

"그럴 것 같구나. 그런데 너 오늘 정말 착하게 구는구나, 아서! 정말이지 시빌이 너한테 좋은 일을 많이 한 것 같다. 이제 그만 가 봐라. 나는 아주 따분한 사람들하고 식사를 해야 하거든. 추문 같은 건 이야기하지도 않는 사람들 말이다. 지금 자 두지 않으면 식사 시간에 졸고 말 거야. 잘 가라, 아서. 시빌한테 안부 전해 주고. 그리고 이 미국 약 정말 고맙구나."

"잊지 말고 드셔야 해요, 클렘 부인, 아셨죠?" 아서 경은 그렇게 말하며 자리에서 일어났다.

"물론 안 잊지, 이 어리석은 녀석아. 이렇게까지 내 생각을 해 주다니 정말 착하기 그지없구나. 약이 더 필요하면 편지로 알려 주마."

아서 경은 기분 좋게 클레멘티나 부인의 집을 나왔고, 큰 안도감을 느꼈다.

그날 밤 아서 경은 시빌 머튼을 만났다. 그는 시빌에게 갑자기 자신이 몹시 어려운 상황에 놓이게 되었으며, 명예와 의무 때문에 그 상황에서 빠져나올 수 없다고 말했다. 결혼은 당분간 미루어야 한다. 이 무시무시한 혼란을 정리하지 못하는 한 나는 자유로운 사람이 아니다. 그렇게 말하면서도 그는 시빌에게 자기를 믿어 달라고, 미래에 대해서는 아무런 의심을 가지지 말아 달라고 호소했다. 모든 것이 잘되리라. 하지만 인내가 필요하다.

이런 대화는 파크레인에 있는 머튼 씨의 온실에서 이루어졌다. 아서 경은 평소처럼 그 집에서 저녁을 먹었다. 그때만 해도 시빌은 더없이 행복해 보였다. 그는 잠시 겁쟁이가 되고 싶은 유혹을 느꼈다. 클레멘티나 부인에게 자신의 잘못을 솔직하게 고백하는 편지를 써 보낸 뒤, 포저스 씨 따위는 완전히 잊어버리고 결혼을 그대로 진행시키고 싶었다. 그러나 곧 그의 더 나은 본성이 힘을 발휘하기 시작했고, 심지어 시빌이 울면서 그의 품에 뛰어들었을 때도 그는 흔들리지 않았다. 그의 감각을 흔들어 놓았던 아름다움이 그의 양심까지도 움직인 것이다. 아서 경은 몇 달의 쾌락을 위해 이렇게 아름다운 생명을 파멸로 이끄는 것은 잘못이라고 생각했다.

아서 경은 거의 자정까지 시빌 곁에 머물며 그녀를 위로하고 또 위로를 받았다. 그리고 다음 날 아침 일찍, 머튼 씨에게 편지를 썼다. 그는 불가피하게 결혼을 연기하게 되었노라, 남자답고 확실하게 밝힌 뒤에 베네치아[24]로 떠났다.

---

24 베네치아는 19세기 영국 상류층에게 아주 인기 있는 도시였다.

4

아서 경은 베네치아에서 형 서비튼 경을 만났다. 서비튼 경은 마침 케르키라 섬에서 요트를 타고 베네치아에 들린 참이었다. 두 청년은 즐겁게 두 주를 보냈다. 아침이면 리도 섬에서 말을 타거나 길고 검은 곤돌라를 타고 녹색 운하를 오르내렸다. 오후에는 보통 요트에서 손님을 맞이했다. 저녁에는 플로리안[25]에서 식사를 하고 피아자[26]에서 수도 없이 담배를 피웠다. 그러나 어쩐 일인지 아서 경은 행복해 보이지 않았다. 그는 매일 클레멘티나 부인의 사망 소식을 확인하려고 《타임스》의 부고란을 살폈지만 그때마다 실망하고 말았다. 그는 클레멘티나 부인에게 무슨 일이 생긴 것이라고 걱정하기 시작했으며, 약의 효과를 시험하고자 아코니틴을 먹으려고 했을 때 말린 일을 후회했다. 시빌의 편지에는 사랑과 신뢰와 배려

---

25 플로리안은 산마르코 광장에 있는 카페로, 당시 여행객들에게 인기가 많았으며 현재도 남아 있는 유서 깊은 곳이다.

26 Piazza. '광장'이라는 뜻의 이탈리아어로 산마르코 광장을 가리킨다.

가 가득했지만 슬픔이 짙게 배어 나오는 경우가 많았다. 가끔 그녀와 영영 헤어진 것은 아닌가 하는 생각이 들기도 했다.

두 주 뒤 베네치아가 지겨워지자 서비튼 경은 해안을 따라서 라벤나로 가기로 했다. 피네툼 숲에서 멋진 꿩 사냥 대회가 열린다는 이야기를 들었기 때문이다. 아서 경은 처음엔 가지 않겠다고 완강하게 버텼으나, 평소 무척 좋아하는 서비튼 경이 혼자 다니엘리[27]에 있으면 우울해 죽을 것이라고 설득하는 바람에 마침내 넘어가고 말았다. 그들은 15일 아침에 출발했다. 북동풍이 강하게 불었고 바다는 약간 거칠었다. 꿩 사냥 대회는 훌륭했다. 분방한 야외 생활 덕분에 아서 경의 뺨에도 핏기가 돌아왔다. 그러나 22일 무렵 그는 다시 클레멘티나 부인이 걱정되기 시작했으므로, 서비튼의 충고도 무시하고 기차로 베네치아로 돌아오고 말았다.

곤돌라에서 내려 호텔 계단에 발을 딛자 호텔 주인이 전보를 한 묶음 들고 다가왔다. 아서 경은 그의 손에서 전보를 낚아채 얼른 봉투를 뜯었다. 모든 일이 제대로 풀렸음을 알 수 있었다. 클레멘티나 부인이 17일 밤에 급사한 것이다!

처음 머리에 떠오른 사람은 시빌이었다. 아서 경은 그녀에게 당장 런던으로 돌아가겠다고 전보를 쳤다. 이어 하인에게 야간 우편 열차로 보낼 수 있도록 짐을 싸라고 이르고, 곤돌라 사공들에게 보통 운임의 다섯 배 정도를 치른 뒤, 명랑한 마음에 가벼운 발걸음으로 응접실까지 달려 올라갔다. 방에서는 편지 세 통이 그를 기다리고 있었다. 하나는 다름 아닌 시빌이 보낸 것으로, 동정심 가득한 마음을 담아 조의를 표하

27 　베네치아의 고급 호텔로, 19세기 영국 상류층에게 인기가 많았다.

는 내용이었다. 나머지는 어머니, 그리고 클레멘티나 부인의 변호사가 보낸 것이었다. 노부인은 세상을 떠나던 날 밤, 공작 부인과 함께 식사를 하면서 재치와 기지로 사람들을 즐겁게 해 주었으나 가슴앓이가 시작되었다고 하면서 약간 일찍 집으로 돌아갔다. 노부인은 아침에 침대에서 주검으로 발견되었는데 고통은 전혀 겪지 않은 모습이었다. 가족은 즉시 매슈리드 경을 불러왔지만, 물론 그가 할 수 있는 일은 없었다. 노부인은 22일에 보샹 샬코트 묘지에 묻힐 예정이었다. 클레멘티나 부인은 죽기 며칠 전 유언장을 작성했는데, 아서 경에게 커즌 가의 작은 집과 더불어 자신의 모든 가구, 개인 소지품, 그림을 남겼다. 다만 세밀화 수집품과 자수정 목걸이는 예외였다. 세밀화는 자매인 마거릿 러퍼드 부인에게, 목걸이는 시빌 머튼에게 남겼다. 대단한 가치가 있는 유산이 아니었음에도 변호사 맨스필드 씨는 아서 경에게 가능하면 빨리 돌아오라고 안달이었다. 지불할 청구서들이 아주 많았고, 클레멘티나 부인은 장부를 꼼꼼하게 기재해 두는 사람이 아니었기 때문이다.

아서 경은 클레멘티나 부인이 고맙게도 자신을 기억해 준데에 큰 감동을 받았고, 포저스 씨 덕분이라고 생각했다. 그러나 시빌을 사랑하는 마음이 다른 모든 감정을 압도했고, 의무를 이행했다는 생각 때문에 마음도 위로를 받아서 평화를 누릴 수 있었다. 채링크로스에 도착했을 때 아서 경은 더없이 행복한 기분이었다.

머튼 식구들은 아서 경을 따뜻하게 맞아 주었다. 시빌은 그에게서 앞으로 그 어떤 일보다 두 사람 사이를 중시하겠다는 다짐을 받아 냈으며, 결혼 날짜를 6월 7일로 확정했다. 아서 경의 인생은 다시 아름답게 빛났다. 그는 전과 다름없이 명랑한 모습을 보여 주었다.

어느 날 아서 경은 클레멘티나 부인의 변호사, 시빌과 함께 커즌 가의 집을 둘러보며 빛바랜 편지 묶음을 태우고, 서랍에서 잡동사니를 꺼내 보고 있었다. 시빌이 갑자기 즐거운 탄성을 터뜨렸다.

"뭐가 나왔어, 시빌?" 아서 경이 살피던 일에서 고개를 들고 미소를 지었다.

"이 귀엽고 예쁜 은제 봉봉 상자 좀 봐요, 아서. 색다르잖아요? 네덜란드제인가? 이거 나 줘요! 그 자수정 목걸이가 나한테 어울리려면 여든이 넘을 때까지 기다려야 하잖아요."

그것은 아코니틴이 담겨 있는 상자였다.

아서 경은 기겁했고, 뺨이 희미하게 붉어졌다. 그는 자신이 저지른 일을 까맣게 잊고 있었다. 하필이면 시빌이 제일 먼저 그 일을 기억나게 하다니, 묘한 우연의 일치로 느껴졌다. 그 무시무시한 불안을 겪은 까닭이 바로 시빌 때문이었는데.

"아무렴, 가져도 되고말고. 그것은 내가 클렘 부인께 드렸던 거야."

"어머! 고마워요, 아서. 봉봉도 내가 가져도 되죠? 클레멘티나 부인께서 과자를 좋아하시는 줄은 몰랐네. 너무 지적이라서 그런 건 입에도 안 댈 줄 알았더니."

아서 경의 얼굴이 시체처럼 창백해졌다. 무서운 생각이 머릿속을 가로질렀다.

"봉봉이라고, 시빌? 무슨 소리야?" 아서 경은 쉰 목소리로 느릿느릿 말했다.

"이 안에 하나 들어 있는데요. 하나뿐이에요. 아주 오래되어서 먼지가 끼었어요. 물론 이걸 먹을 생각은 조금도 없어요. 그런데 왜 그래요, 아서? 얼굴이 새하얘졌어요!"

아서 경은 얼른 달려가서 상자를 낚아챘다. 그 안에는 호박색 캡슐이 들어 있었고, 캡슐 속 독의 거품도 그대로였다. 클레멘티나 부인은 결국 자연사한 것이었다!

아서 경은 충격을 감당할 수 없었다. 그는 캡슐을 불에 내던지고 절망에 사로잡혀서 소리를 지르며 소파에 주저앉았다.

5

 결혼을 다시 연기하겠다는 말에 머튼 씨는 몹시 심란해했다. 이미 결혼식 때 입을 드레스까지 주문해 놓았던 줄리아 부인은 시빌에게 파혼을 하라고 다그치며 갖가지 방법으로 압력을 넣었다. 그러나 비록 어머니를 무척 사랑한다고는 하지만, 시빌은 이미 아서 경의 손에 온 인생을 맡긴 몸이었다. 줄리아 부인이 무슨 말을 해도 그녀의 믿음은 흔들리지 않았다. 아서 경이 참담한 실망감을 이겨 내는 데는 며칠이 걸렸다. 한동안 그의 신경은 예민하게 곤두서 있었다. 그러나 그의 탁월한 분별력이 이내 힘을 발휘하기 시작했으며, 건전하고 현실적인 그의 정신이 그가 어떻게 할지 마음을 정하지 못하는 상태로 오래 내버려 두지 않았다. 독이 완전히 실패했으니 다이너마이트나 다른 폭약을 사용하는 방법이 확실한 대안으로 떠올랐다.

 아서 경은 다시 친구나 친척 명단을 훑어보았다. 그는 신중하게 생각을 한 뒤에 치치스터의 주임 사제인 숙부를 폭탄으로 날려 버리기로 결정했다. 교양이 풍부하고 학식이 높은 주임 사제는 시계를 몹시 좋아했으므로, 제작 시기가 15세기부터 현재에 이르는 멋진 시계들을 소장하고 있었다. 아서 경은 선량한 주임 사제의 이런 취미가 계획을 실행하기에 아주 좋은 기회를 제공한다고 여겼다. 물론 폭파 장치를 어디서 손에 넣느냐 하는 것은 완전히 다른 문제였다. 『런던 인명록』을 보아도 이 문제에 대해서는 아무런 정보를 얻을 수 없었다. 스코틀랜드야드[28]에 가 봐야 아무런 소용이 없을 것 같았다. 그들은 실제로 폭발이 일어나기 전까지 다이너마이트 테러리스트의 움직임에 대해선 아무것도 몰랐으며, 사실 폭발이 일어난 뒤에도 별로 나아지는 것 같지 않았기 때문이다.

그때 갑자기 친구 루발로프가 떠올랐다. 그는 매우 친혁명적 경향의 젊은 러시아인으로, 아서 경은 겨울에 윈더미어 부인의 집에서 그를 만난 적이 있었다. 루발로프 백작은 표트르 대제의 전기를 쓰고 있었으며, 표트르 대제가 선공(船工)을 하러 잉글랜드에 머물던 시절의 문건을 연구할 목적으로 런던에 왔다고 알려져 있었다. 그러나 다들 그가 니힐리즘[29] 활동가라고 생각했으며, 어쨌든 러시아 대사관이 루발로프 백작의 런던 체류를 곱지 않게 보고 있음은 분명했다. 아서 경은 루발로프 백작이 자기 목적에 딱 맞는 사람이라고 판단하고, 어느 날 아침 블룸즈버리에 있는 그의 하숙집으로 찾아가서 원조를 구했다.

"그러니까 정치를 진지하게 받아들이신다는 말씀이오?"

28 런던 거리 이름으로, 런던 경시청의 별칭이다.

29 니힐리즘은 일반적으로 인정되어 온 이상, 도덕규범, 생활 양식 등을 전적으로 부정하는 견해인데, 특히 러시아의 니힐리즘은 19세기 말에 차르 체제를 타도하려는 혁명 운동에서 주장되고 실천되었다.

아서 경이 자신의 목적을 이야기하자 루발로프 백작이 물었다. 어떤 식으로든 흰소리하기를 몹시 싫어하는 아서 경은 사회적인 문제에는 전혀 관심이 없으며, 자기 외에는 누구도 관련 없는 순수한 가족 문제로 폭파 장치가 필요할 뿐이라고 솔직하게 얘기했다.

루발로프 백작은 놀란 표정으로 한동안 아서 경을 바라보더니 그가 진심임을 알고 종이에 주소 하나를 적었다. 그러고는 자신의 머리글자로 서명을 한 뒤, 탁자 위로 종이를 내밀었다.

"이 주소를 손에 쥘 수만 있다면 스코틀랜드야드는 무슨 짓이든 할 겁니다."

"절대 그쪽으로 넘어가게 하지 않을 겁니다." 아서 경이 소리치더니 웃음을 터뜨렸다. 그는 젊은 러시아인과 따뜻한 악수를 나눈 뒤 계단을 내려가서 종이에 적힌 주소를 보고, 마부에게 소호스퀘어로 가자고 말했다.

소호스퀘어에 내린 아서 경은 그릭 가를 따라 천천히 걸어가다가 베일즈코트라는 곳에 이르렀다. 아치 아래를 통과하자 묘하게 막다른 곳에 이르렀는데, 거기에 프랑스 세탁소 하나가 자리 잡고 있었다. 집에서 집까지 뻗은 빨래줄들이 그물처럼 얽혀 있었으며, 아침 바람에 하얀 천들이 펄럭이고 있었다. 아서 경은 끝까지 걸어가서 작은 녹색 집 문을 두드렸다. 잠시 아무런 응답이 없었다. 그사이 골목길에서는 밖을 살피려는 사람들의 얼굴 때문에 모든 창들이 흐릿한 덩어리로 바뀐 듯한 인상을 주었다. 이윽고 약간 거칠어 보이는 외국인이 문을 열었다. 외국인은 몹시 서툰 영어로 무슨 일로 왔느냐고 물었다. 아서 경은 루발로프 백작이 준 종이를 건네주었다.

남자는 종이를 보자 꾸벅 절을 하더니 아서 경을 1층의 아주 초라한 응접실로 안내했다. 잠시 후에 헤르[30] 빈켈코프(영국에서는 다들 그렇게 불렸다.)가 부산스럽게 응접실로 들어왔다. 목에는 포도주 얼룩이 잔뜩 묻은 냅킨을 두르고 왼손에는 포크를 든 채였다.

"루발로프 백작이 소개를 해 주더군요." 아서 경은 말하고 나서 고개를 숙였다. "일 문제로 잠깐 이야기를 나누었으면 합니다. 내 이름은 스미스, 로버트 스미스입니다. 시한폭탄을 하나 구하고 싶습니다."

"만나서 반갑소, 아서 경." 온화한 표정의 자그마한 독일인은 웃음을 터뜨렸다. "그렇게 놀란 얼굴 하지 마시오. 모든 사람을 아는 것이 나의 의무니까. 윈더미어 부인 댁에서 저녁에 한 번 뵌 기억이 나는군요. 윈더미어 부인은 안녕하시겠지요. 아침을 마저 먹어야 하는데, 잠깐 같이 앉으시겠소? 아주 맛있는 파테[31]가 있어요. 제 친구들은 고맙게도 제가 가지고 있는 라인산 포도주가 독일 대사관에서 마실 수 있는 어떤 것보다 낫다고 하더군요." 아서 경은 상대가 자신을 알아본 충격에 아직 사로잡힌 채, 얼떨결에 안쪽 방에 앉아서 제국의 모노그램이 찍힌 옅은 노란색 백포도주 잔으로 아주 달콤한 마르코브뤼너를 홀짝이며 이 유명한 음모가와 더없이 다정하게 담소를 나누었다.

헤르 빈켈코프가 말했다. "시한폭탄은 해외 수출에 별로 적합한 물건이 아니지요. 설사 세관을 통과하더라도 기차가

---

30   Herr. 남자의 이름 앞에 붙이는 독일어 경칭.
31   고기나 생선을 다져서 양념한 프랑스 요리.

제멋대로 연착을 하니 바라던 목적지에 도착하기도 전에 터지는 일이 비일비재하고요. 하지만 집에서 사용하실 거라면 아주 좋은 물건을 하나 드릴 수 있지요. 결과에 틀림없이 만족하실 겁니다. 누구한테 쓰시려는지 여쭤봐도 되겠소? 경찰이나 스코틀랜드야드와 관련 있는 사람에게 쓰는 거라면 안 됐지만 아무것도 도와 드릴 수가 없소. 영국 형사들은 사실 우리와 가장 친한 친구들이거든요. 언제나 그들의 어리석음을 믿고 우리가 원하는 일을 할 수 있었으니까 말이오. 그래서 그 사람들 목숨이라면 하나라도 없애고 싶지 않소."

"분명히 말하지만 이건 경찰하고는 아무런 상관이 없습니다. 솔직히 말하면, 시한폭탄은 치치스터의 주임 사제한테 쓰려는 겁니다."

"어이쿠! 종교에 대한 반감이 그렇게 강하신 줄은 몰랐소, 아서 경. 요즘 젊은이들 가운데 그런 사람은 드문데."

"나를 과대평가하시는 것 같군요, 헤르 빈켈코프." 아서 경이 얼굴을 붉혔다. "사실 난 신학은 아무것도 모릅니다."

"그럼 순수하게 개인적인 일이라는 말씀이오?"

"순수하게 개인적인 일이지요."

헤르 빈켈코프는 어깨를 으쓱하더니 방을 나갔다. 잠시 후 그는 일 페니 동전 크기의 둥근 케이크처럼 생긴 다이너마이트와, 작고 예쁘장한 프랑스 시계를 들고 왔다. 시계 위에는 전제 정치의 히드라[32]를 짓밟고 있는 조그만 자유의 여신이 우뚝 서 있었다.

그것을 보자 아서 경의 얼굴이 환하게 밝아졌다. "바로 내

32   그리스 신화에 나오는 머리가 여럿 달린 뱀.

가 원하던 겁니다." 그가 소리쳤다. "자, 어떻게 터뜨리는지 이야기해 주십시오."

"아! 저만의 비결이 있지요." 헤르 빈켈코프는 자부심 어린 표정으로 자신의 발명품을 물끄러미 바라보았다. 사실 자부심을 느낄 만도 했다. "언제 폭발하기를 원하는지 시간만 알려 주시오. 그러면 기계를 정확히 맞추어 놓겠소."

"어, 오늘이 화요일이니까, 그걸 당장 발송해 주실 수 있다면……."

"그건 불가능하오. 모스크바에 있는 친구 몇 사람한테 아주 중요한 일을 해 주기로 했거든. 하지만 내일이면 발송할 수 있을 것 같소."

"아, 그 정도면 충분합니다!" 아서 경이 정중하게 말했다. "내일 밤이나 목요일 아침에 배달되기만 하면 되니까요. 폭발 시간은, 어디 보자, 금요일 정오 정각으로 하지요. 주임 사제님은 그 시간이면 늘 집에 계시니까요."

"금요일 정오라." 헤르 빈켈코프는 아서 경의 말을 되풀이하더니 벽난로 옆 책상에 놓인 커다란 장부에 시간을 적었다.

"자." 아서 경은 자리에서 일어서며 말했다. "내가 얼마나 줘야 하는지 말해 보십시오."

"이건 뭐 아주 작은 일이니 요금을 받고 싶지는 않소, 아서 경. 다이너마이트는 7실링 6펜스이고, 시계는 3파운드 10실링이오. 운임은 5실링 정도 되오. 하지만 나는 루발로프 백작의 친구분 부탁을 들어주게 되어서 기쁠 따름이오."

"하지만 수고비는요, 헤르 빈켈코프?"

"아, 그건 아무것도 아니오! 내가 좋아서 하는 일인데요. 나는 돈을 보고 일을 하지 않소. 나는 오로지 나의 예술을 위해 사는 사람이오."

아서 경은 탁자에 4파운드 2실링 6펜스를 내려놓고 키 작은 독일인에게 감사했다. 그는 다음 토요일에 고기와 차를 즐기는 자리[33]에서 무정부주의자들 몇 명을 만나 보라는 초대를 사양하고 그곳을 나와 공원으로 향했다.

다음 이틀 동안 아서 경은 심한 흥분 상태에서 헤어 나오지 못했다. 그는 금요일 12시에 버킹검으로 마차를 달려가서 소식을 기다렸다. 둔해 보이는 짐꾼은 오후 내내 전국 각지에서 날아오는 전보를 게재함으로써 경마 결과, 이혼 소송 판결, 날씨 따위를 알려 주었으며, 테이프[34]는 하원의 철야 회의 내용을 지겨울 정도로 자세하게 쏟아 내고, 증권 거래소에서 일어난 작은 공황 소식을 들려주기도 했다. 4시에 석간신문들이 들어왔다. 아서 경은 《펠 맬》, 《세인트 제임스》, 《글로브》, 《에코》를 들고 도서관으로 사라졌다. 굿차일드 대령은 격분했다. 자신이 그날 아침 맨션하우스에서 남아프리카 전도 사업이라는 주제로 연설했다는 보도를 읽고 싶었기 때문이다. 그는 연설에서 모든 주에 흑인 주교를 두는 것이 좋겠다고 권고했다. 대령은 어떤 이유에서인지 《이브닝 뉴스》에 대해서는 강한 반감을 품고 있었으므로, 그 신문이라면 읽고 싶어 하지도 않았다. 그런데 아서 경이 가지고 들어간 어느 신문에서도 치치스터에 대한 언급은 없었다. 아서 경은 자신의 시도가 실패했음이 틀림없다고 생각했다. 그는 심한 충격을 받아서 한동안

---

33 보통 아서 경이 속한 계급에서는 오후 4시에 차와 가벼운 간식을 먹었다. 고기와 차는 그보다 약간 뒤에 먹는 좀 더 무거운 식사로, 아서 경의 계급에서는 유행하지 않는 것이었다.

34 전신에서 전보 내용을 계속 찍어 내는 종이 테이프.

넋을 놓고 있었다. 다음 날 만난 헤르 빈켈코프는 정성껏 사과를 하더니 무료로 새 시한폭탄을 만들어 주거나, 실비로 니트로글리세린 폭탄을 여러 개 넣은 상자를 만들어 주겠다고 제안했다. 그러나 아서 경은 폭약을 완전히 믿을 수 없게 되었다. 헤르 빈켈코프 자신도 요즘에는 뭐든지 불순물이 많이 들어간 터라 다이너마이트조차 순수한 것을 구할 수가 없다고 말하지 않았던가. 그러나 키 작은 독일인은 그 기계가 분명히 뭔가 잘못되었음을 인정하면서도 언젠가 폭탄이 터질지 모른다는 희망을 끝내 버리지 않았다. 그러면서 오데사의 군부 총독에게 보낸 적이 있는 기압계 상자를 예로 들었다. 그 기계는 열흘 만에 터지기로 시간이 맞추어져 있었는데, 석 달이나 지나서야 터져 버렸다. 물론 폭탄이 터졌을 때는 애꿎은 하녀만 가루가 되었을 뿐이다. 총독은 여섯 주 전에 이미 오데사를 떠났기 때문이다. 그럼에도 이 사건은 다이너마이트가 기계의 통제를 받을 때 시간을 잘 못 지키기는 하지만, 파괴 장치로서는 막강한 힘을 발휘한다는 사실을 입증해 주었다. 아서 경은 이 말에 약간 위로를 받았지만, 여기에서도 실망할 수밖에 없는 운명이었다. 이틀 뒤에 그가 위층으로 올라가는데 마침 공작 부인이 내실로 불렀다. 그러더니 주임 사제관에서 막 도착한 편지를 보여 주었다.

"제인이 아주 편지를 잘 쓰더구나." 공작 부인이 말했다. "방금 온 편지를 읽어 봐라. 무디[35]가 보내 주는 소설만큼 훌륭해."

---

35 1842년에 찰스 에드워드 무디가 세운 도서관. 상류 계층의 사람들이 이용했으며 한 달에 한 번씩 책을 보내 주는 대출 시스템을 운영했다.

아서 경은 그녀의 손에서 편지를 빼앗다시피 가져갔다. 편지의 내용은 다음과 같았다.

치치스터 주임 사제관으로부터

5월 27일

사랑하는 숙모님께

도커스 협회[36]에 보내 주신 플란넬 정말 감사드려요. 깅엄도 감사드려요. 저도 숙모님처럼 그 사람들이 예쁜 옷을 입고 싶어 한다는 게 말도 안 되는 이야기라는 데 동의해요. 하지만 요새는 모두가 급진파에 무신론자이므로, 그 사람들에게 상류 계급처럼 옷을 입으려 하지 말라고 설득하기가 어려워요. 이러다 세상이 어찌 될지 정말 모르겠어요. 아빠가 설교 때 자주 말씀하시듯이, 우리는 불신의 시대를 살고 있는 거예요.

우리는 지난 목요일에 아빠를 존경하는 익명의 인물이 보내 준 시계를 가지고 재미있게 놀았어요. 런던에서 나무 상자에 넣어 보냈는데, 운송료도 이미 지불했더군요. 아빠는 이것이 분명 자신의 뛰어난 설교를 읽은 사람의 선물이라고 생각하세요. 그 설교 제목은 "방종이 자유인가?"예요. 시계 꼭대기에는 여자의 형상이 달려 있는데, 아빠 말씀으로는 머리에 자유의 모자[37]를 쓰고 있다더군요. 제가 보기에는 잘 어울리는 것 같지 않았지만 아빠가 역사적인 상징물이라고 말씀하시니 그런 대로 괜찮아 보이기도 해요. 파커가 상자에서 시계를 꺼냈고, 아빠는 서재의 벽난로 위에 올려놓았어요. 그런데 금요일 아침에 모두 서재에 앉아 있는데 시계가 12시

---

36   19세기 영국에서 가난한 사람들에게 옷을 나눠 주던 여성 봉사 단체.

37   프랑스 혁명 때 자코뱅당 당원들이 쓰던 모자를 이렇게 불렀다.

를 치더니 윙 하는 소리를 냈어요. 그러더니 여신상의 받침대에서 연기가 휙 피어오르지 뭐예요. 자유의 여신상이 시계에서 떨어지더니, 난로 울에 코가 깨지고 말았어요! 마리아는 깜짝 놀랐지만 너무 우스꽝스러워서 제임스하고 저는 웃음을 터뜨렸죠. 심지어 아빠도 재미있어하셨어요. 가만 살펴보니 일종의 자명종인 것 같았어요. 그러니까 시간을 맞추어 놓고 작은 망치 밑에 화약하고 뇌관을 넣어서 원할 때마다 화약을 터뜨리는 거죠. 아빠가 시끄러우니 서재에 두면 안 되겠다고 하시기에 레기가 학교 교실로 가져갔는데 거기서도 하루 종일 작은 폭발을 일으켰다지 뭐예요. 이것을 아서의 결혼 선물로 보내면 좋아할까요? 런던에서는 이런 것이 대유행인가 보던데. 아빠는 이것이 큰 도움이 되리라고 말씀하세요. 자유는 지속될 수 없고 반드시 고꾸라진다는 사실을 보여 준다는 점에서 말이에요. 아빠는 자유가 프랑스 혁명 때 발명되었다고 말씀하시죠. 그 자유라는 게 얼마나 끔찍해 보이는지!

전 지금 도커스에 가 봐야 해요. 그곳에서 사람들한테 숙모님이 보내 주신 교훈적인 편지를 읽어 줄 생각이에요. 사랑하는 숙모님, 그 계급 사람들이 보기 흉한 옷을 입어야 한다는 숙모님 생각은 정말 지당해요. 그 사람들이 옷에 대해 걱정한다는 게 얼마나 어처구니없는 일인지 모르겠어요. 이 세상, 또 저세상에는 옷보다 중요한 일들이 정말 많잖아요. 꽃무늬 포플린이 아주 잘 나왔다니 정말 기뻐요. 그리고 숙모님 레이스가 찢어지지 않은 것도요. 저는 지금 노란 새틴을 입고 있어요. 숙모님이 고맙게도 저한테 주신 것 말이에요. 수요일에, 주교님 댁에서 이게 괜찮아 보일 것 같아요. 그런데 나비매듭을 하는 게 나을까요, 안 하는 게 나을까요? 제닝스 말로는 요새 다들 나비매듭을 하고 속치마에는 주름 장식을 단다던데. 레기 말이 폭발이 한 번 더 일어났대요. 그 말을 듣고 아빠는 시계를 마구간에 보내라고 했어요. 아빠는 이제 그 시계가 처음처럼 마음에 드시지 않는 모양이에요. 누가 아빠한테 그런 예쁘고 독창적인 선물을 보냈다는 사실이 무척 기분 좋은 일인 것은 변함없지만요. 사람들이 아빠의 설교를 읽고 거기서 도움을 얻는다는 사실을 보여 주니까 말이에요.

아빠가 안부 전하래요. 제임스하고 레기하고 마리아도요. 세실 숙부님의 통풍이 좋아지기를 바라고 있어요, 정말이에요. 사랑하는 숙모님.

늘 다정한 조카, 제인 퍼시 올림

추신─나비매듭 얘기는 꼭 좀 해 주세요. 제닝스는 그게 유행이라고 고집을 부려요.

편지를 든 아서 경의 표정이 너무 심각하고 언짢아 보여서 공작 부인은 웃음을 터뜨리고 말았다.

"애, 아서." 공작 부인이 소리쳤다. "다시는 너한테 젊은 숙녀의 편지를 보여 주지 않으마! 하지만 그 시계 얘기는 정말 재미있지 않니? 그거 아주 우수한 발명품 아니냐? 나도 하나 있었으면 좋겠구나."

"대단하지 않은 것 같은데요." 아서 경이 대꾸하며 서글픈 웃음을 지으면서 말했다. 그는 어머니에게 입을 맞춘 뒤 방을 나왔다.

아서 경은 위층으로 올라가서 소파에 몸을 던졌다. 눈에 눈물이 고였다. 살인하려고 최선을 다했으나 두 차례 모두 실패하고 말았다. 게다가 자신의 잘못도 아니었다. 자기는 의무를 이행하려고 노력했으나 운명의 여신이 배반해 버린 것 같았다. 좋은 의도가 아무런 성과를 거두지 못했다는 느낌, 잘해 보려고 했으나 소용없었다는 느낌 때문에 가슴이 답답했다. 완전히 파혼해 버리는 편이 상책이라는 생각도 들었다. 물론 시빌은 괴로워하리라. 하지만 그런 괴로움쯤으로 그녀의 고귀한 본성이 훼손되는 일은 없을 터였다. 나야 어떻게 되든 무슨 상관인가? 세상의 많은 사나이들이 전쟁에 나가서 죽기도 하고 대의에 목숨을 걸기도 한다. 따라서 인생이 즐겁지 않은 마당에 죽음은 전혀 두렵지 않았다. 운명의 여신이여, 내 어두운 운명을 뜻대로 하라. 나는 당신을 돕기 위해 손끝 하나 까딱하지 않겠다.

아서 경은 7시 30분에 옷을 입고 클럽으로 갔다. 서비튼이 그곳에서 젊은 남자들과 어울리고 있었기 때문에 아서 경은 그들과 식사를 할 수밖에 없었다. 그러나 그들의 잡담과 한가한 농담에는 전혀 흥미를 느끼지 못했다. 아서 경은 커피가 들어오자마자 약속이 있다고 둘러대고 자리를 떴다. 막 클럽을 나서려는데 짐꾼이 편지를 건네주었다. 헤르 빈켈코프가 보낸 것으로, 다음 날 저녁에 한번 들러서 펼치자마자 터지는 우산 폭탄을 봐 달라는 이야기였다. 최신 발명품으로, 방금 제네바에서 도착했다는 것이었다. 아서 경은 편지를 갈기갈기 찢어 버렸다. 이미 운명의 실험을 중단하기로 결심했기 때문이다. 아서 경은 템스강 제방으로 어슬렁어슬렁 걸어가서 강변에 몇 시간 동안 앉아 있었다. 사자의 눈 같은 달이 황갈색 구름으로 이루어진 갈기 사이로 강을 살피고 있었다. 헤아릴 수 없이 많은 별이 자주색 돔에 뿌려 놓은 금가루처럼 텅 빈 하늘에서 반짝거리고 있었다. 이따금씩 바지선이 건들거리며 탁한 물결을 따라 들어왔다가 물살에 밀려서 둥둥 떠내려갔다. 기차가 다리를 건너며 비명을 지르면 철로 신호등은 녹색에서 선홍색으로 바뀌었다. 시간이 조금 지나자 웨스트민스터의 높은 탑이 우렁차게 12시를 알렸다. 종소리가 낭랑하게 울려 퍼질 때마다 밤이 몸을 부르르 떠는 것 같았다. 이윽고 철로의 신호등이 꺼졌다. 외롭게 홀로 남은 등불이 거대한 기둥에서 커다란 루비처럼 빛을 발하고 있었다. 도시의 포효도 점점 희미해졌다.

아서 경은 2시에 자리에서 일어나 블랙프라이어스 수도원으로 천천히 걸어갔다. 모든 것이 얼마나 비현실적으로 보이는지! 생경한 꿈 같았다! 강 건너편의 집들은 어둠으로 지은 듯했고, 마치 은과 그림자가 세상을 다시 만들어 놓은 것 같았다. 세인트폴 성당의 거대한 돔은 어스레한 하늘에 뜬 거품처럼 아련해 보였다.

클레오파트라의 바늘[38]로 다가가는데 한 남자가 난간에 몸을 기대고 서 있는 모습이 보였다. 더 가까이 다가갔을 때 남자가 고개를 들었고, 그 순간 가스등 불빛이 얼굴 전체를 환하게 비추었다.

수상가 포저스 씨였다! 푸짐한 살, 축 늘어진 얼굴, 금테 안경, 병약한 미소, 음탕해 보이는 입을 잘못 알아봤을 리 없었다.

아서 경은 발을 멈추었고, 멋진 생각이 머리를 스치고 지나갔다. 그는 살금살금 포저스 씨 뒤로 다가갔다. 그러고는 순식간에 포저스 씨의 두 발을 붙잡아서 템스강으로 내던졌다.

---

38 영국인들이 이집트에서 가져와 1878년 런던 템스 강변에 세운 오벨리스크의 별칭으로, 고대 이집트 투트모세 3세의 것이다.

상스러운 욕설에 이어 묵직한 것이 첨벙하며 떨어지는 소리가 들리더니 이윽고 잠잠해졌다. 아서 경은 불안한 표정으로 난간 너머를 보았다. 수상가의 모습은 보이지 않았고, 달빛에 반짝이는 물의 소용돌이를 따라 맴도는 실크해트 하나만 보였다. 잠시 후 실크해트마저 가라앉았다. 포저스 씨는 자취도 남기지 않고 사라진 것이었다. 문득 살이 뒤룩뒤룩 찐 볼품없는 형체가 다리 옆의 층계로 헤엄쳐 나아가는 모습을 본 듯했다. 아서 경은 실패했다는 아득한 느낌에 사로잡혔다. 그러나 그것은 그림자에 불과했다. 달이 구름 뒤에서 얼굴을 내밀자 그림자도 사라져 버렸다. 마침내 아서 경은 운명의 명령을 이행한 셈이었다. 깊은 안도의 숨을 내쉬자마자 시빌의 이름이 입 밖으로 튀어나왔다.

"뭘 떨어뜨렸습니까?" 갑자기 뒤에서 목소리가 들렸다.

아서 경은 몸을 빙글 돌렸다. 경찰관이 휴대용 랜턴을 들고 서 있었다.

"별것 아닙니다, 경사." 아서 경은 웃음을 지으며 대답하고는 지나가는 이륜마차를 불러서 마부에게 벨그레이브스퀘어로 가자고 했다.

아서 경은 다음 며칠 동안, 희망과 공포 사이를 오락가락했다. 여러 번 포저스 씨가 방으로 걸어 들어올 것만 같은 느낌이 들기도 했다. 그러나 운명의 여신이 자신을 그렇게까지 못살게 굴지는 않으리라는 느낌도 들었다. 아서 경은 웨스트 문 가에 있는 수상가의 집에 두 번이나 찾아갔지만 차마 초인종을 누르지는 못했다. 그는 분명하게 알고 싶었지만 동시에 그러기를 두려워하고 있었다.

마침내 그는 분명하게 알게 되었다. 아서 경은 클럽 끽연실에 앉아 차를 마시면서 약간 따분해하고 있었다. 서비튼은 얼마 전에 게이어티 극장[39]에서 들은 희극적인 노래 이야기를 떠들고 있었다. 그때 웨이터가 여러 가지 석간신문을 들고 들어왔다. 아서 경은 《세인트 제임스》를 집어 들고 늘쩍지근한 표정으로 한 장 한 장 넘기다가, 다음과 같은 기이한 제목에 시선을 고정했다.

수상가 자살

흥분 때문에 아서 경의 얼굴에서 핏기가 가셨다. 그는 기사를 읽기 시작했고, 이런 내용이었다.

어제 아침 7시 유명한 수상가 셉티머스 R. 포저스 씨의 주검이 그리니치의 해변에 있는 쉽 호텔 바로 앞으로 떠내려왔다. 포저스 씨는 지난 며칠간 실종 상태였으며, 수상계에서는 그의 안전을 염려하고 있었다. 포저스 씨는 과로로 인한 일시적 정신 착란으로 자살한 것으로 보이며, 오늘 오후 검시관의 배심 역시 같은 취지의 평결을 내렸다. 포저스 씨는 인간의 손을 주제로 한 정교한 논문을 막 완성한 상태였다. 곧 발표할 예정인 이 논문은 큰 반향을 불러일으킬 것으로 예상된다. 고인은 향년 65세이며, 유가족은 없는 것으로 보인다.

아서 경은 신문을 손에 쥐고 클럽을 뛰쳐나갔다. 짐꾼은 깜짝 놀라서 그를 막으려고 했지만 소용없었다. 아서 경은 곧

---

39   런던 웨스트엔드에 위치한, 뮤지컬 코미디로 유명한 극장.

장 파크레인으로 마차를 달렸다. 시빌은 창에서 아서 경의 모습을 보고 그가 좋은 소식을 들고 왔음을 짐작했다. 그녀는 아래층으로 달려 내려가서 그를 맞이했다. 그의 얼굴에는 모든 것이 잘됐다고 씌어 있었다.

"사랑하는 시빌." 아서 경이 소리쳤다. "우리 내일 결혼해!"

"이런 바보 같으니! 케이크도 주문해 놓지 않고선!" 시빌은 그렇게 말하며, 눈물 사이로 웃음을 터뜨렸다.

6

　몇 주 뒤 결혼식이 열린 세인트피터 성당에는 상류 사회 인사들이 빠짐없이 참석해서 인산인해를 이루었다. 치치스터의 주임 사제가 매우 인상 깊은 결혼 예식을 주관하였으며, 사람들은 모두 이 신혼부부처럼 멋진 한 쌍을 본 적이 없다고 입을 모았다. 그러나 그들은 단지 멋지기만 한 것이 아니었고, 행복했다. 아서 경은 시빌을 위해 자신이 해야 했던 그 모든 일을 한순간도 후회하지 않았다. 그리고 그녀는 아서 경에게 여자가 남자에게 줄 수 있는 최고의 것들을 주었다. 바로 존경과 배려 그리고 사랑이었다. 그들은 현실이 로맨스를 죽인다는 말을 모르고 살았고, 늘 젊음을 잃지 않았다.

　몇 년 뒤, 이들 부부 사이에서 태어난 아름다운 두 아이들이 자라고 있을 때, 공작에게 결혼 선물로 받은 보금자리인 앨턴프라이어로 윈더미어 부인이 찾아와서 묵었다. 어느 날 오후 윈더미어 부인은 정원의 보리수 아래, 아서 부인과 함께 앉아서 어린 소년과 소녀가 변덕스러운 햇살처럼 장미 꽃길을 따라 오르내리며 노는 모습을 지켜보고 있었다. 윈더미어 부인은 갑자기 안주인의 손을 잡으며 물었다. "행복해, 시빌?"

"그럼요, 행복하죠, 윈더미어 부인. 행복하지 않으세요?"

"행복할 시간이 없어, 시빌. 나는 늘 가장 최근에 소개받은 사람을 좋아해. 하지만 보통 상대를 알자마자 싫증을 느끼게 되지."

"윈더미어 부인, 사자들이 만족스럽지 않나요?"

"아, 만족스럽지 않아! 사자는 한 시즌만 좋을 뿐이야. 갈기를 자르는 즉시 세상에서 가장 둔한 동물이 되고 말지. 게다가 잘해 주면 아주 못되게 굴어요. 그 지긋지긋한 포저스 씨 기억나? 그 사람은 정말 끔찍한 사기꾼이었어. 물론 나야 그런 데는 관심 없지만. 심지어 그 사람이 나한테서 돈을 빌리고 싶어 할 때도 용서해 주었지. 하지만 나한테 구애하는 꼴은 견딜 수 없더라고. 정말이지 나는 그 사람 때문에 수상이 싫어졌어. 이제 내 관심은 텔레파시로 옮겨 갔지. 그게 훨씬 재미있더라고."

"여기서는 수상에 대해 나쁘게 말씀하시면 안 돼요, 윈더미어 부인. 아서는 다른 건 몰라도 수상을 가지고 농담하는 걸 좋아하지 않아요. 수상에 대해서는 정말 진지한 태도를 보이죠."

"설마 아서가 그걸 믿는다는 말은 아니겠지, 시빌?"

"직접 물어보세요, 윈더미어 부인. 저기 오네요." 아서 경이 손에 큼지막한 노란색 장미 다발을 들고 정원을 따라 올라왔다. 두 아이가 주위에서 춤을 추고 있었다.

"아서 경?"

"네, 윈더미어 부인."

"설마 수상을 믿는 건 아니죠?"

"당연히 믿지요." 젊은 남자가 미소를 지었다.

"왜?"

"내 인생의 모든 행복은 다 수상 덕분이거든요." 아서 경이 고리버들 의자에 털썩 주저앉았다.

"어머, 아서 경, 무슨 덕을 봤다는 거예요?"

"수상 덕분에 시빌과 결혼했지요." 아서 경은 아내에게 장미를 건네며 그녀의 보랏빛 눈을 들여다보았다.

"그런 말도 안 되는!" 윈더미어 부인이 소리쳤다. "내 평생 그런 말도 안 되는 소리는 처음 들어 보겠네."

캔터빌의 유령

—물질 관념론적 로맨스

1

미국인 목사 하이람 B. 오티스 씨가 캔터빌 저택을 사자 모두들 아주 어리석은 일을 했다고 말했다. 그 집에 귀신이 나오는 것은 분명한 사실이었기 때문이다. 캔터빌 경은 명예를 중시하고 꼼꼼하게 격식을 차리는 사람이었기 때문에 계약 조건 이야기가 나왔을 때 오티스 씨에게 그 사실을 언급하는 것이 자신의 의무라고 생각했다.

"우리도 그곳에서는 살고 싶어 하지 않았습니다." 캔터빌 경이 말했다. "나의 대고모이신 볼턴 공작 미망인께서 저녁을 드시려고 옷을 입던 중 해골의 손이 어깨를 짚는 바람에 겁에 질려 발작을 일으키셨고, 두 번 다시 기운을 차리지 못하셨기 때문입니다. 오티스 씨, 우리 가족만이 아니라 교구 신부이자 케임브리지 킹스 대학교의 명예 교우이신 오거스터스 댐피어 신부님도 유령을 보셨다는 사실을 말씀드리지 않을 수 없군요. 공작 부인께 불행한 사고가 일어난 뒤 젊은 하인들은 모두 떠났고, 캔터빌 부인도 밤이면 회랑과 서재에서 들리는 수상 쩍은 소리 때문에 잠을 이루지 못하곤 했습니다."

"캔터빌 경." 목사가 대답했다. "현재의 감정 가격으로 가구와 유령까지 있는 그대로 다 받아들이기로 하지요. 저는 현대적인 나라에서 왔습니다. 그곳에는 돈으로 살 수 있는 것은 다 있지요. 우리의 기운찬 젊은이들이 구세계를 쏘다니며 최고의 배우와 프리마돈나를 데려오는 걸로 봐서, 유럽에 유령이라는 것이 있다면 곧 우리 고향의 공공 박물관이나 길거리에 전시되리라 봅니다."

"안됐지만 유령은 실제로 존재합니다." 캔터빌 경은 웃음을 지었다. "유령이 아직 진취적인 미국 흥행사들의 제안을 받아들이지 않은 모양입니다만. 이 유령은 삼백 년 전부터, 정확히 말하면 1584년 이후로 세상에 알려졌고, 우리 가족의 누군가가 죽기 전이면 늘 모습을 나타냅니다."

"아, 그거야 가족 주치의도 마찬가지지요, 캔터빌 경. 하지만 유령 같은 것은 없습니다. 영국 귀족이라고 해서 자연의 법칙이 적용되지 않을 리 없잖습니까."

"미국인은 정말 자연스럽군요." 캔터빌 경이 대꾸했다. 오티스 씨의 마지막 말을 잘 이해하지 못했던 것이다. "집 안에 유령이 있어도 괜찮다면 좋습니다. 다만 제가 미리 경고를 했다는 점은 잊지 마십시오."

몇 주 뒤 매매는 마무리되었고, 시즌이 끝날 무렵 목사 가족은 캔터빌 저택으로 내려왔다. 웨스트 53번가의 루크리티어 R. 태펀 양이라는 이름으로 뉴욕 사교계를 주름잡던 당대의 미녀 오티스 부인은 이제 중년이었지만 여전히 미모를 간직하고 있었다. 눈매가 고왔고 옆모습은 아름다웠다. 미국 부인들 가운데는 고향을 떠나면 만성적으로 병에 시달리는 시늉을 하는 사람들이 많았다. 그것이 유럽식의 세련된 품행이라고 믿었기 때문이다. 그러나 오티스 부인은 결코 이런 과오를 저지르지 않았다. 그녀는 좋은 기질을 타고났으며, 정말 놀라울 정도로 동물적인 활기가 넘쳐 났다. 사실 오티스 부인은 많은 면에서 영국인이나 다름없었으며, 요즘에는 우리가 사실상 모든 것(아, 물론 언어는 빼고.)을 미국과 공유하고 있음을 보여 주는 아주 좋은 예였다. 부모가 애국심에 불타던 순간에 이름을 짓는 바람에 워싱턴이라 불리게 된 장남은 늘 그 이름을 못마땅해했지만, 그는 꽤 잘생긴 금발의 젊은이로 세 시즌 연속 뉴포트 카지노에서 저먼을 이끌었으니[40] 미국 외교에 뛰어들 자격을 갖추었고, 심지어 런던에서도 뛰어난 춤꾼으로 이름을 떨쳤다. 치자나무 꽃과 귀족 사회에서의 계급이 유일한 약점이었을 뿐, 다른 부분에서는 매우 분별력 있는 태도를 보여 주는 젊은이였다. 버지니아 E. 오티스 양은 열다섯 살의 어린 소녀로, 새끼 사슴처럼 나긋하고 아리따웠으며, 크고 파란 눈에는 아름다운 자유가 깃들어 있었다. 또 그녀는 놀라운 아마존[41]으로, 한번은 조랑말을 타고 늙은 빌튼 경과 공원을 두 바퀴 도는 경주를 했는데 아킬레우스 상 바로 앞에서 한 마장 반 차이로 승리를 거두기도 했다. 그것을 본 젊은 체셔 공작은 형언할 수 없는 기쁨에 사로잡혀 그 자리에서 그녀에게 청혼을 했다가, 그날 밤 후견인들에게 등 떠밀린 채 눈물을 펑펑 쏟으며 이튼으로 돌아가고 말았다. 버지니아 뒤에는 쌍둥이가 태어났고, 이들은 보통 '별과 줄'[42]이라고 불렸는데

40　leading the German. '저먼이라는 춤을 주도했다'는 뜻과 함께 '독일을 이겼다'는 의미로도 해석된다.

41　그리스 신화에 나오는 여성 전사.

42　성조기를 가리키는 말이기도 하다.

늘 매질당했기 때문이다.[43] 이들은 아주 유쾌한 소년들이었으며, 훌륭한 목사를 제외하면 이 가족에서 진정한 공화주의자는 이들뿐이라고 할 수 있었다.

캔터빌 저택은 가장 가까운 기차역 애스컷에서 십 킬로미터 넘게 떨어져 있었다. 오티스 씨가 미리 전보로 사륜경마차 한 대를 불러 놓았기 때문에 그의 가족은 편안하게 집으로 갈 수 있었다. 7월의 아름다운 저녁이었다. 소나무 덕분에 공기는 향긋했다. 이따금씩 산비둘기 한 마리가 자신의 달콤한 음성을 스스로 되새겨 보는 듯한 소리가 들리기도 했고, 바스락거리는 양치식물 더미 속 깊은 곳에서 꿩의 빛나는 가슴이 보이기도 했다. 작은 다람쥐들은 너도밤나무에 올라앉아 그들이 지나가는 모습을 살폈으며, 토끼들은 흰 꼬리를 공중에 처들고 허둥지둥 숲을 가로질러 이끼 낀 작은 언덕 너머로 달아났다. 그러나 캔터빌 저택의 가로수 길로 접어들자 하늘에 갑자기 구름이 덮이며 컴컴해졌다. 묘한 적막이 대기를 틀어쥔 것 같았다. 집에 도착하기 전부터 굵은 빗방울이 떨어지기 시작했다.

층계에서 그들을 맞이한 사람은 노파였는데, 단정한 검은 비단옷 차림에 하얀 모자를 쓰고 앞치마를 두르고 있었다. 이 사람이 가정부 엄니 부인이었다. 오티스 부인은 캔터빌 부인의 간곡한 요청에 따라 엄니 부인에게 하던 일을 그대로 맡기기로 했다. 엄니 부인은 마차에서 내리는 가족 한 사람 한 사람에게 깊이 몸을 숙여 절하고 구식의 예스러운 말투로 말했다. "캔터빌 저택에 오신 것을 환영하옵니다." 가족은 엄니 부

---

43   성조기의 줄무늬와 매질당한 상처를 가지고 언어유희를 즐기고 있다.

인을 따라서 멋진 튜더 왕조식 현관을 가로질러 서재로 들어
갔다. 길지만 천장이 낮은 방은 검은 떡갈나무 판벽으로 둘러
싸여 있었다. 한쪽 끝에는 커다란 스테인드글라스 창문이 달
려 있었다. 이곳에 그들을 위한 차가 준비되어 있었다. 가족은
외투를 벗고 자리에 앉아 주위를 둘러보기 시작했다. 엄니 부
인이 그들의 시중을 들었다.

갑자기 벽난로 바로 옆 바닥에 있는 칙칙한 붉은 자국이
오티스 부인 눈에 띄었다. 그녀는 그것이 무엇을 의미하는지
전혀 알지 못하고 엄니 부인에게 말했다. "저기 뭘 흘린 것 같
네요."

"네, 부인." 늙은 가정부는 낮은 목소리로 대답했다. "저 자
리에는 피가 흘렀죠."

"무서워라." 오티스 부인이 소리쳤다. "응접실에 핏자국이
있는 건 정말 싫어요. 당장 없애 줘요."

노파는 웃음을 짓더니 여전히 낮고 신비한 목소리로 대답
했다. "저건 엘리너 드 캔터빌 부인의 피예요. 1575년 바로 저
자리에서 남편 사이먼 드 캔터빌 경에게 살해되셨죠. 사이먼
경께서는 그 뒤로도 구 년을 더 살다가 수수께끼만 남긴 채 홀
연히 사라져 버렸어요. 사이먼 경의 주검은 발견되지 않았죠.
하지만 그의 죄 많은 영혼은 여전히 저택을 떠나지 않고 있어
요. 저 핏자국은 관광객이나 다른 여러 사람이 아주 귀중하게
여기는 것이라 지울 수 없답니다."

"말도 안 돼." 워싱턴 오티스가 소리쳤다. "핑커턴의 챔피
언 얼룩 지우개와 패러건 세제면 금방 깨끗이 지울 수 있는
데." 워싱턴은 경악한 가정부가 어떻게 해 보기도 전에 바닥
에 무릎을 꿇더니 검은 화장품처럼 보이는 작은 막대로 바닥

을 빠르게 문질렀다. 몇 분이 안 되어 핏자국은 자취도 없이 사라졌다.

"핑커턴이면 될 줄 알았지." 워싱턴이 감탄하는 가족을 둘러보며 의기양양하게 말했다. 그러나 그 말이 끝나기 무섭게 무시무시한 번개가 번쩍여서 어두운 방이 환하게 밝아졌다. 곧이어 들려온 엄청난 천둥소리 때문에 가족은 소스라치며 자리에서 일어서고 말았다. 엄니 부인은 혼절했다.

"살벌한 날씨로구먼!" 미국인 목사는 차분하게 말하며 양 끝을 자른 여송연에 불을 붙였다. "이 오래된 나라에는 인구가 하도 많아서 모든 사람에게 골고루 나누어 줄 좋은 날씨가 충분치 않은가 보군. 그래서 내가 전부터 영국이 살 길은 오직 이민이라고 주장하지 않았겠어."

"하이람." 오티스 부인이 말했다. "이 여자, 이렇게 기절했으니 어떡하면 좋죠?"

"물건이 파손되었을 때처럼 변상하라고 해." 목사가 대답했다. "그러면 다시는 기절하는 일이 없을 거야." 아닌 게 아니라 몇 분이 지나자 엄니 부인은 정신을 차렸다. 그러나 그녀는 여전히 매우 당황한 기색이었다. 그녀는 엄한 표정으로 오티스 씨에게 곧 집에 문제가 생길 테니 주의하라고 경고했다.

"저는 제 눈으로, 어떤 기독교인의 머리카락이라도 쭈뼛 솟게 할 만한 일들을 직접 봤어요. 이곳에서 벌어진 끔찍한 일들 때문에 잠 못 이룬 날이 하루 이틀 아니지요." 그러나 오티스 부부는, 자신들은 유령을 두려워하지 않는다면서 그 진실한 사람을 따뜻하게 다독거렸다. 늙은 가정부는 신에게 새 주인 부부의 축복을 빌더니, 보수를 인상해 달라고 요구한 뒤 종종걸음으로 자기 방으로 떠났다.

2

그날 밤 내내 폭풍우가 거세게 몰아쳤지만 특별한 일은 일어나지 않았다. 그러나 다음 날 아침 식사를 하려고 아래층에 내려왔을 때 그 끔찍한 핏자국이 다시 바닥에 나타났다. "패러건 세제 문제는 아닌 것 같아요." 워싱턴이 말했다. "그걸로 안 되는 게 없었거든요. 틀림없이 유령 짓이에요." 워싱턴은 또 핏자국을 문질러 지웠지만, 그다음 날 아침에 다시 나타났다. 밤에 오티스 씨가 서재 문을 잠근 뒤 열쇠를 가지고 위층에 올라갔지만 셋째 날 아침에도 핏자국은 다시 나타났다. 이제 온 가족이 이 문제에 큰 관심을 가지게 되었다. 오티스 씨는 유령의 존재를 부인한 자신의 태도가 너무 교조적이지 않았나 의심을 품기 시작했고, 심령학회에 가입하겠다는 뜻까지 밝혔다. 워싱턴은 마이어스 씨와 포드모 씨에게 범죄와 연루된 핏자국의 지속성 문제에 관해 긴 편지를 쓰기로 했다. 유령이 과연 객관적으로 존재하는지에 대한 의심은 그날 밤 모두 사라졌다.

따뜻하고 화창한 날이었다. 시원한 저녁이 되자 가족은

다 같이 마차를 타고 나갔다. 그들은 9시가 되어서야 집에 돌아왔고, 자기 전에 가볍게 식사를 하기로 했다. 유령에 대해서는 누구 하나 입도 뻥긋하지 않았다. 심령 현상이 나타나려면 그것을 받아들이겠다는 자세로 은근히 기대하는 마음을 품어야 하는 법인데, 결국 이 집은 일차적 조건조차 갖추어지지 않은 셈이었다. 필자가 훗날 오티스 씨에게 들은 바에 따르면, 그 식사 자리에서 나왔던 이야기는 교양 있는 상류층 미국인이 보통 입에 올리는 화제뿐이었다. 예컨대 패니 대븐포트 양이 사라 베르나르[44]보다 훨씬 뛰어난 배우라든가, 아무리 훌륭한 영국인 가정에서도 풋옥수수, 메밀가루 케이크, 탄 옥수수는 구하기 힘들다든가, 세계영혼[45]의 발전에서 보스턴이 매우 중요하다든가, 철도 여행에서 수화물의 표 체계가 아주 유용하다든가, 뉴욕의 악센트가 런던의 느릿느릿한 말투보다 더 달콤하다든가, 하는 이야기들이었다. 초자연적인 영역에 관해서는 아무런 언급이 없었다. 사이먼 드 캔터빌 경에 관해서도 어떤 식으로든 넌지시 말하는 법이 없었다. 11시에 가족은 잠자리에 들었으며, 삼십 분 뒤에는 불도 다 껐다. 잠시 후 오티스 씨는 방 밖의 복도에서 들리는 이상한 소리에 잠을 깼다. 쇠붙이가 절거덕거리는 소리 같았다. 시간이 흐를수록 점점 가까이 다가오는 것 같았다. 오티스 씨는 얼른 일어나서 성냥을 켜고 시계를 보았다. 정각 1시였다. 그는 매우 차분한 마음이었다. 맥을 잡아 보았지만 열띤 움직임이라곤 전혀 없었

---

44 패니 대븐포트는 당시 인기 있던 미국 여성 배우이며, 사라 베르나르는 유럽 전역과 미국에서까지 인기를 얻은 프랑스 여성 배우이다. 베르나르는 와일드의 연극 「살로메」에서 주연을 맡기도 했다.

45 인간의 몸과 영혼처럼, 물질적 세계에 대비되는 세계의 영혼.

다. 이상한 소리는 계속되었고, 사슬 소리와 함께 발소리가 똑똑하게 들렸다. 오티스 씨는 슬리퍼를 신고 탁자에서 타원형의 작은 약병을 집어 든 다음, 문을 열었다. 그의 바로 앞에 무시무시한 얼굴의 노인이 흐릿한 달빛을 받으며 서 있었다. 눈은 불이 붙은 석탄처럼 시뻘겠다. 긴 잿빛 머리는 뒤엉키고 꼬부라진 채 어깨 위로 늘어져 있었다. 옛날 스타일로 재단한 옷은 더러운 누더기가 되었고, 손목과 발목에는 묵직한 수갑과 녹슨 차꼬가 채워져 있었다.

"이런." 오티스 씨가 말했다. "정말이지 그 사슬에 기름 좀 칠해야겠군요. 그래서 여기, 작은 병에 담긴 태머니 라이징선 윤활유를 하나 가져왔습니다. 한 번만 발라도 효과가 아주 확실하지요. 우리 고향의 성직자들 가운데 유명한 몇 분도 그 효과를 제대로 체험했다고 포장지에 적혀 있더군요. 여기 침실 촛불 옆에 두고 갈 테니 쓰도록 하십시오. 필요하면 언제든지 더 갖다 드리겠습니다." 미합중국 목사는 그렇게 말을 건네더니 병을 대리석 탁자에 내려놓고 문을 닫았다.

당연한 일이지만 캔터빌의 유령은 분기탱천해서 잠시 꼼짝도 못 하고 그대로 서 있었다. 이윽고 윤활유 병을 광택이 나는 바닥에 집어 던지더니 힘없이 신음을 내뱉으며 복도를 따라 빠르게 사라졌다. 몸에서는 무시무시한 녹색 빛이 뿜어져 나왔다. 그가 커다란 떡갈나무 층계 꼭대기에 이르자 문 하나가 활짝 열리더니 하얀 가운을 걸친 작은 형체 둘이 나타났다. 그러는 동시에 베개 하나가 캔터빌 유령의 머리 옆으로 윙 소리를 내며 날아갔다! 어물거릴 시간이 없었다. 캔터빌의 유령은 사차원 공간을 이용해서 서둘러 탈출하기로 결심하고, 징두리 벽판을 통과하여 사라졌다. 집은 다시 고요해졌다.

캔터빌의 유령은 집의 왼쪽 날개에 있는 작은 비밀 방에 이르러서야 달빛에 몸을 기대고 가쁜 숨을 진정시켰다. 그는 이 상황을 이해해 보려고 애썼다. 삼백 년 동안 부단히 화려한 경력을 쌓아 왔고 그간 이렇게 무례한 모욕은 한 번도 당해 본 적이 없었다. 공작 미망인은 레이스 달린 옷에 다이아몬드 장식을 하고 거울 앞에 서 있다가 그를 보고 발작을 일으켰다. 하녀 네 명은 그가 빈방의 커튼 사이로 한 번 싱긋 웃어 주었을 뿐인데 히스테리를 일으켰다. 어느 날 밤늦게 서재에서 나오는 교구 신부의 촛불을 훅 불어서 꺼 주었을 따름인데, 이후 그는 신경성 질환의 완벽한 순교자가 되어 윌리엄 걸 경[46]의 관리를 받으며 살았다. 늙은 마담 드 트레무이야크는 어느 날 새벽에 눈을 떴다가 난롯가 팔걸이의자에 해골 하나가 앉아 그녀의 일기를 읽는 모습을 보고 뇌염에 걸린 뒤 여섯 주 동안 침대에서 일어나지 못했으며, 건강을 회복하자마자 바로 악명 높은 회의주의자 무슈 드 볼테르[47]와 관계를 끊고 교회로 돌아갔다. 캔터빌의 유령은, 사악한 캔터빌 경이 목에 다이아몬드 잭 카드가 반쯤 걸려서 질식한 채 어찔 줄 몰라하던 그 무시무시한 밤의 화장실 풍경을 기억했다. 캔터빌 경은 크록퍼드[48]에서 찰스 제임스 폭스를 속여 오만 파운드를 딸 때 바로 그 카드를 이용했다는 사실을 죽기 직전에 고백했으며, 유령이 강제로 그 카드를 삼키게 했다고 주장했다. 그 외에도 녹색 손이 유리창을 두드리는 광경을 보고 식료품 저장실에서

---

46 빅토리아 여왕의 주치의로 유명한 인물이다.

47 18세기 프랑스의 작가이자 자유사상가로, 1726년부터 1729년까지 영국을 방문했다.

48 1827년에 윌리엄 크록퍼드가 런던에 세운 유명한 도박장.

총으로 자살한 집사부터, 하얀 피부를 붉게 태운 다섯 손가락의 자국을 감추고자 늘 목에 검은 벨벳 띠를 두르고 살다가 결국 킹스워크 끝에 자리한 잉어 연못에 몸을 던졌던 아름다운 스터트필드 부인에 이르기까지, 자기가 이룬 위대한 업적과 관련한 인물들의 기억이 하나하나 되살아났다. 캔터빌의 유령은 진정한 예술가답게 열렬한 자기중심적 태도로 스스로의 가장 위대한 공연들을 다시 검토했다. '붉은 로이벤, 목 졸린 아기'로 마지막 등장했던 때, '벡슬리 무어의 흡혈귀 곤트 기브온'으로 데뷔했던 때가 생각났다. 또 잔디 테니스장에서 자기 뼈로 나인핀스 놀이를 했을 뿐인데, 6월의 어느 아름다운 저녁을 흥분의 도가니로 몰아넣었던 열광적인 공연도 떠올렸다. 그는 씁쓸하게 웃음을 지었다. 그런 업적을 쌓은 유령에게 불쾌한 현대 미국인 몇 명이 나타나서 라이징선 윤활유를 주지 않나, 머리 쪽으로 베개를 던지지 않나! 정말 견딜 수 없는 일이었다. 사실 역사상 어떤 유령도 이런 대접을 받은 적이 없었다. 따라서 캔터빌의 유령은 복수하기로 결심하고, 깊은 생각에 잠긴 채 동이 틀 때까지 그대로 있었다.

3

다음 날 아침 식사 자리에 모인 오티스 가족은 유령에 관해 잠시 이야기를 나누었다. 당연한 일이지만 미합중국 목사는 자신의 선물이 받아들여지지 않았음에 약간 화가 나 있었다. "나는 그 유령한테 어떤 개인적인 피해도 주고 싶은 마음이 없는데 말이야. 사실 말이지, 그 유령이 그동안 이 집에 머물렀던 세월을 생각하면 유령한테 베개를 던지는 것은 결코예의 바른 행동이 아니었어." 맞는 말이었지만, 안타깝게도 쌍둥이는 큰 소리로 웃음을 터뜨렸다. 목사가 말을 이었다. "어쨌든 유령이 정말로 라이징선 윤활유를 사용하지 않겠다면 사슬을 벗겨야 할 거야. 방 밖에서 그런 시끄러운 소리가 들리면 도저히 잠을 잘 수가 없잖아."

그러나 그 주 나머지 기간 동안 그들은 편하게 잘 수 있었다. 유일하게 눈길을 끄는 것은 서재 바닥의 핏자국이 늘 새로워진다는 점이었다. 이것은 확실히 이상했다. 밤이면 오티스씨가 문을 늘 잠가 두었기 때문이다. 창문 역시 단단히 빗장을 질러 두었다. 카멜레온 같은 색깔의 그 핏자국을 두고도 꽤 의

견이 분분했다. 어떤 날 아침에는 탁한 붉은색으로, 인도빨강
에 가까웠다가 어느 때는 주홍으로 변했으며, 또 어느 때는 진
한 자주색으로 변하기도 했다. 한번은 '자유 미국 개혁 감독
교회'의 단순한 전례에 따라 가족 기도회를 열려고 내려왔다
가 밝은 에메랄드 녹색으로 변한 광경을 목격하기도 했다. 당
연한 일이지만 목사 가족은 이 만화경 같은 변화에 큰 재미를
느꼈으며, 매일 저녁 이 문제를 놓고 마음껏 내기를 했다. 이
런 장난에 참여하지 않은 사람은 어린 버지니아뿐이었다. 그
녀는 알 수 없는 이유로 핏자국을 볼 때마다 몹시 괴로웠으며,
핏자국이 에메랄드 녹색으로 변했던 아침에는 울음을 터뜨릴
뻔했다.

유령은 일요일 밤에 두 번째로 나타났다. 잠자리에 들자
마자 현관에서 뭔가 크게 부딪히는 소리에 가족은 깜짝 놀랐
다. 아래층으로 달려 내려오니, 전시대에 거치되어 있던 오래
된 갑옷이 돌바닥으로 떨어져 있었다. 등받이가 높은 의자에
는 캔터빌의 유령이 앉아서 몹시 아픈 듯 얼굴을 잔뜩 찌푸린
채 무릎을 문지르고 있었다. 장난감 콩알 총을 가지고 내려왔
던 쌍둥이는 즉시 유령을 향해 콩알 두 발을 발사했다. 습자지
에 오랫동안 신중히 연습해 왔기에 제법 정확한 사격 솜씨였
다. 그와 동시에 미합중국 목사는 리볼버로 유령을 겨누고, 캘
리포니아 예법에 따라 두 손을 들라고 요구했다! 유령은 깜짝
놀라서 소리를 버럭 지르며 벌떡 일어나더니 안개처럼 가족
사이를 지나갔다. 가는 길에 워싱턴 오티스의 촛불을 껐기 때
문에 가족은 완벽한 어둠 속에 남게 되었다. 유령은 층계 꼭대
기에 이르러서야 정신을 차리고, 유명한 악마의 웃음을 한바
탕 터뜨려 주기로 마음먹었다. 사실 이 웃음은 과거에 여러 차

례, 아주 유용하게 써먹었더랬다. 이 웃음 때문에 레이커 경의 가발이 하룻밤 사이에 잿빛으로 변했다고 하며, 캔터빌 부인의 프랑스 가정 교사 세 사람이 한 달을 채우지 못하고 그만두는 분명한 사유가 되었다고도 한다. 유령은 가장 소름 끼치는 웃음을 터뜨렸고, 그 소리가 낡은 둥근 천장에 쩌렁쩌렁 울리기 시작했다. 그러나 그 무시무시한 메아리가 사라지자 곧 문이 하나 열리더니, 열은 파란색 실내복 차림의 오티스 부인이 나왔다. "몸이 아주 안 좋으신 것 같네요." 오티스 부인이 말했다. "여기 닥터도벨팅크를 가져왔어요. 혹시 소화 불량 때문이라면 이게 즉효약이에요." 유령은 화가 머리끝까지 치밀어서 오티스 부인을 노려보다가 커다란 검둥개로 변신할 준비를 서두르기 시작했다. 이것은 그에게 응분의 명성을 안겨 준 업적이었다. 캔터빌 경의 가족 주치의는 그의 숙부 토미스 호턴 각하가 구제 불능의 백치가 된 까닭은 바로 검둥개 때문이라고 진단했다. 그러나 다가오는 발소리 때문에 유령은 원래 세웠던 회심의 목표를 달성하기를 망설이다가 결국 희미하게 형광빛을 발하는 데에 만족했으며, 쌍둥이가 다가서자 곧 묘지에서 들려오는 것 같은 낮은 신음을 토하더니 사라져 버렸다.

자기 방에 이른 유령은 완전히 허물어졌다. 그는 격렬한 흥분 상태에 빠져들었다. 쌍둥이의 천박함, 오티스 부인의 상스러운 물질주의도 물론 지극히 노여운 일이었지만 유령에게 정말 괴로운 것은 이제 사슬 갑옷을 입을 수 없다는 사실이었다. 유령은 아무리 현대적인 미국인이더라도 갑옷을 입은 귀신의 모습에는 전율하리라고 생각했다. 다른 그럴싸한 이유가 없다 해도, 최소한 자국의 시인 롱펠로에 대한 존경심 때문에라도 그러리라 믿었다.[49] 캔터빌 가족이 런던에 머물 때면 유령 자신도 롱펠로의 우아하고 매력적인 시를 읽으며 지루한 시간을 때우곤 했다. 게다가 그 갑옷은 바로 자기 것이었다. 그는 케닐워스 마상 시합 때 그 갑옷을 훌륭하게 차려입고, 다름 아닌 동정녀 여왕[50]으로부터 직접 갑옷 칭찬을 들었다. 그러나 방금 전에 갑옷을 입었을 때는 거대한 가슴받이와 강철 투구의 무게에 완전히 짓눌려서 그대로 돌바닥에 쓰러지고 말았다. 그 바람에 양쪽 무릎을 심하게 찧고, 오른손 관절 몇 군데에는 멍까지 들었다.

이 일이 있고 나서 며칠 동안 유령은 심하게 앓았으며 핏자국을 제대로 손볼 때를 제외하면 방 밖으로 거의 나가지도 못했다. 그러나 세심하게 스스로를 보살핀 끝에 유령은 회복했으며, 미합중국 목사 가족을 놀라게 하겠다는 세 번째 결심을 했다. 유령은 이어서 8월 17일 금요일에 등장하기로 날짜를 선택했다. 그날 유령은 거의 하루 종일 옷장을 살피다가, 마침내 붉은 깃털이 달리고 테가 늘어진 커다란 모자, 손목과 목에 주름 장식이 달린 수의와 녹슨 단검을 골랐다. 저녁 무렵 심한 폭풍우가 몰아치기 시작했다. 바람이 무척 매서웠으므로 낡은 집의 모든 창과 문이 흔들리고 덜컹거렸다. 이것이야말로 유령이 사랑하는 날씨였다. 유령의 계획은, 조용히 워싱턴 오티스의 방으로 찾아가 침대 발치에서 알아들을 수 없는 말을 지껄인 다음, 느린 음악에 맞춰 자신의 목을 세 번 찌

---

49   미국의 시인 헨리 워즈워스 롱펠로의 작품 「갑옷을 입은 해골」을 염두에 두고
      하는 말이다.
50   엘리자베스 1세 여왕을 가리킨다.

르는 것이었다. 유령은 워싱턴에게 특히 원한이 많았다. 캔터빌의 유명한 핏자국을 핑커턴의 얼룩 지우개인지, 패러건 세제를 이용해서 습관적으로 지우는 사람이 바로 워싱턴이라는 사실을 잘 알았기 때문이다. 유령은 이 무모하고 저돌적인 젊은이를 비참한 공포로 몰아넣은 뒤, 미합중국 목사와 그 부인이 사용하는 방으로 갈 계획이었다. 그곳에서 차고 끈적끈적한 손으로 오티스 부인의 이마를 짚고, 덜덜 떠는 남편의 귀에는 쉭쉭거리는 소리로 납골당의 살벌한 비밀을 속삭여 줄 작정이었다. 어린 버지니아를 어떻게 할지는 아직 정하지 못했다. 그녀는 한 번도 그를 모욕한 적이 없었으며 늘 예쁘고 상냥했다. 따라서 옷장에서 희미한 신음을 몇 번 토하기만 해도 충분할 것 같았다. 혹시 그것으로 잠에서 깨지 않는다면, 마비되어 경련을 일으키는 손가락으로 이불을 잡아당길 터였다. 그러나 쌍둥이는 단단히 혼을 내 주기로 굳게 결심했다. 물론 제일 먼저 할 일은 그들의 가슴을 타고 앉아서 두 아이가 악몽의 질식감을 맛보게 하는 것이었다. 그러고는 가까이 붙어 있는 두 침대 사이에 얼음처럼 차가운 녹색 주검의 모습으로 서서 두 아이가 공포로 마비되어 가는 모습을 지켜보기로 했다. 그리고 마지막으로 수의를 벗어 던지고, 백골에 두리번거리는 눈알 하나만을 달고 방을 기어 다니기로 했다. 이것은 '멍청이 대니얼, 자살 해골'로, 그간 여러 번 큰 효과를 본 역할이었다. 유령은 이것이 '광인 마틴, 가면을 쓴 수수께끼'라는 유명한 역할에 버금간다고 생각했다.

10시 30분, 가족이 잠자리에 드는 소리가 들렸다. 잠시 쌍둥이가 마구 웃어 대는 소리가 귀에 거슬렸다. 어린 남학생들 특유의 가볍고 명랑한 기분으로, 잠들기 전에 잠시 놀고 있음이 분명했다. 그러나 11시 15분이 되자 그들마저 잠잠해졌다. 자정을 알리는 종소리가 들리자 캔터빌의 유령은 출동했다. 올빼미가 유리창을 두드리고, 까마귀가 늙은 주목 위에서 쉰 목소리로 울어 대고, 바람이 길 잃은 영혼처럼 신음을 토하며 집 주위를 배회했다. 그러나 오티스 가족은 다가오는 불길한 운명을 까맣게 모른 채 잠들어 있었다. 미합중국 목사가 폭풍우 소리보다 훨씬 높은 음으로 꾸준하게 코를 고는 소리가 들렸다. 유령은 징두리 벽판에서 슬며시 걸어 나왔다. 주름진 잔인한 입에는 사악한 미소가 감돌았다. 그가 커다란 퇴창을 지나가자 달이 구름 속으로 얼굴을 감추었다. 창에는 자신과 살해당한 부인의 문장(紋章)이 하늘색과 황금색으로 그려져 있었다. 캔터빌의 유령은 사악한 그림자처럼 계속 미끄러져 나아갔다. 그가 지나가는 모습을 보고 어둠조차 혐오감을 느끼는 듯했다. 유령은 무슨 소리가 들린 것 같아서 갑자기 발을 멈추었다. 그러나 그것은 '붉은 농장'의 개가 짖는 소리일 뿐이었다. 유령은 16세기의 기묘한 욕설을 중얼거리며 연신 나아갔다. 이따금 허공에 녹슨 단검을 휘두르기도 했다. 마침내 캔터빌의 유령은 가엾은 워싱턴의 방으로 통하는 복도 모퉁이에 이르렀다. 유령은 그곳에서 잠시 발을 멈추었다. 바람이 긴 회색 머리카락을 휘젓더니, 뭐라 말할 수 없는 공포가 감도는 수의를 비틀어서 괴기하고 환상적인 주름을 잡아 놓았다. 이윽고 시계가 12시 15분을 알렸다. 유령은 때가 되었다고 느꼈다. 그는 혼자 낄낄거리고는 모퉁이를 돌았다. 그러나 모퉁이를 돌자마자 겁에 질린 채 애처롭게 흐느끼며 뒤로 넘어졌고, 뼈만 남은 긴 손으로 해골을 가리고 말았다. 그의 바로 앞에는 무시무시한 유령이 조각상처럼 꼼짝도 하지 않고 서 있었다. 마치 광인의 꿈에나 나올 법한 거대하고 소름 끼치는 모습이었다! 대머리가 번쩍였고, 새하얀 얼굴은 둥글고 통통했다. 사나운 웃음은 이목구비를 비틀어서 영원히 싱글거리는 표정으로 굳힌 것 같았다. 눈에서는 주홍색 광선들이 흘러나왔고, 입은 널찍한 불의 우물이었다. 캔터빌의 유령이 입은 것과 똑같은 참혹한 옷은 고요한 설원의 빛깔로 그 거대한 형체를 감싸고 있었다. 가슴에 걸어 둔 판자에는 옛날 글씨로 이상한 글이 적혀 있었다. 어떤 수치의 두루마리, 어떤 무서운 죄의 기록, 어떤 범죄의 끔찍한 목록처럼 보였다. 오른손에는 빛나는 강철로 만든 언월도를 높이 쳐들고 있었다.

캔터빌의 유령은 이제까지 한 번도 유령을 본 적이 없었으므로 당연히 기겁할 만큼 놀랐다. 그는 얼른 다시 그 무시무시한 유령을 흘끔거린 뒤에 자기 방으로 달아났다. 빠른 걸음으로 복도를 지나가다가 자신의 긴 수의에 걸려 넘어지곤 했다. 마침내 녹슨 단검을 목사의 긴 장화 속으로 던져 버렸고, 아침에 집사가 그것을 찾아냈다. 아무도 방해하지 않는 자신의 숙소로 돌아오자 유령은 짚으로 만든 작고 초라한 침대에 벌렁 드러누워서 옷가지로 얼굴을 가렸다. 그러나 잠시 후 오랜 전통을 지닌 캔터빌 가문의 용맹을 되살려서, 날이 밝으면 즉시 다른 유령에게 말을 건네 보기로 결심했다. 새벽이 은빛으로 언덕을 어루만지는 광경이 보이자 캔터빌의 유령은 곧 섬뜩한 유령을 처음 보았던 곳으로 돌아갔다. 결국 유령 둘이 하나보다는 낫지 않겠느냐는 생각도 들었고, 새로운 친구의 도움을 받아서 쌍둥이와 편하게 붙어 볼 수도 있겠다는 생각마저 들었기 때문이다. 그러나 현장에 도착하자 끔찍한 광경이 눈에 들어왔다. 다른 유령에게 무슨 일이 생겼음이 분명했

다. 그 텅 빈 눈에서는 빛이 완전히 사라졌고, 찬란한 언월도
는 바닥에 떨어져 있었다. 얼결에 유령도 긴장되고 불편한 자
세로 벽에 기대서 있었다. 캔터빌의 유령은 앞으로 달려나가
서 그의 두 팔을 잡았다. 그 순간 다른 유령의 머리가 미끄러
져 바닥 위로 뒹구는 모습을 보고 다시 기겁하고 말았다. 몸은
벽에 기댄 자세 그대로였다. 캔터빌의 유령은 자기도 모르게
하얀 돋을줄무늬 침대 커튼을 꽉 붙들었다. 발치에는 빗자루,
부엌용 큰 칼, 속이 빈 무가 흩어져 있었다! 캔터빌의 유령은
이 묘한 변신을 이해하지 못하고 열에 달뜬 사람처럼 황급히
가슴께를 움켜쥐었다. 유령은 아침이 뿜어내는 회색빛의 도
움을 받아 거기에서 이런 무시무시한 글귀를 읽을 수 있었다.

오티스의 유령

진짜 하나뿐인 최초의 유령.
가짜를 조심하시오.
다른 것은 모두 가짜.

이제야 모든 것을 이해할 수 있었다. 자신이 거꾸로 상대
의 꾀에 걸려서 허를 찔린 것이다! 그의 눈에 예전 캔터빌의
모습이 비쳤다. 캔터빌의 유령은 이 없는 잇몸을 악물었다. 그
는 시든 두 손을 머리 위로 높이 들어 올리고, 고대 학파의 생
생한 어법으로 챈티클리어[51]가 즐거운 나팔을 두 번 불면 피
를 부르는 일이 벌어지고, 살인 역시 소리 없는 발걸음으로 돌

51   중세 영국의 시인 제프리 초서의 『캔터베리 이야기』에 나오는 수탉.

아다니게 되리라고 맹세했다.

그가 이 무서운 맹세를 입 밖에 내자마자 먼 농가의 붉은 기와를 덮은 지붕에서 수탉이 울었다. 캔터빌의 유령은 낮고 쓸쓸한 웃음을 오랫동안 터뜨리고는 그다음 울음을 기다렸다. 그러나 이상한 일이었다. 몇 시간을 기다려도 어떤 이유에서인지 수탉은 또다시 울지 않았다. 마침내 7시 30분에 하녀들이 도착하는 바람에, 유령은 무시무시한 철야를 중단하고 성큼성큼 자기 방으로 돌아갔다. 머릿속에는 헛된 맹세와 좌절된 목적에 대한 생각뿐이었다. 캔터빌의 유령은 자신의 방에서 평소 무척 좋아하던 고대 기사도에 관한 책들을 몇 권 들추어 보았다. 결국 그는 역사상 그런 맹세를 했을 때 챈티클리어가 한 번만 울고 만 적은 없었다는 사실을 깨닫게 되었다. "그 못된 새가 파멸을 맞이하리라." 유령은 중얼거렸다. "옛날 같았으면 나의 억센 창으로 그 목구멍을 꿰뚫어서 죽어 가는 와중에도 나를 위해 울게 했으련만!" 이윽고 캔터빌의 유령은 편안한 납관에 들어가서 저녁까지 그곳에 머물렀다.

4

　다음 날 유령은 무척 피곤하고 기운이 없었다. 엄청난 흥분 상태에서 네 주를 보냈더니 그 여파가 밀려오기 시작하는 것 같았다. 신경은 완전히 바스러져서 조그만 소리에도 깜짝깜짝 놀라곤 했다. 캔터빌의 유령은 닷새 동안 문밖 출입을 하지 않았다. 마침내 서재의 핏자국은 포기하기로 결심했다. 오티스 가족이 그것을 원치 않는다면 그것을 누릴 자격이 없다는 뜻이었다. 그들은 비천한 물질주의로 세상을 살아가는 사람들이어서 감각적 현상의 상징적 가치를 알아볼 능력이 전혀 없음이 틀림없었다. 유령으로서 출현하는 문제는 아스트랄체[52]의 발달과 완전히 별개의 사안으로, 사실 캔터빌의 유령으로서도 어쩔 도리가 없었다. 일주일에 한 번씩 복도에 나타나고, 매달 첫째, 셋째 수요일에 커다란 퇴창에서 알아들을

---

[52]　신지학(神智學)에서 인간의 감정이나 욕망을 표출하게 하는 요소로, 감정체 또는 성기체(星氣體)라고도 부른다. 이 문장은 유령이 자신의 감정과 관계없이 유령으로서 모습을 드러내야 한다는 뜻이다.

수 없는 말을 지껄이는 일은 그의 엄숙한 의무였다. 그 의무를 어떤 방법으로 명예롭게 피해야 좋을지 당최 생각나지 않았다. 물론 그는 매우 악한 삶을 살았다. 그러나 초자연적인 영역에서만큼은 언제나 매우 양심적이었다. 그래서 캔터빌의 유령은 그다음 삼 주 동안, 토요일마다 평소처럼 자정과 3시 사이에 복도를 가로질렀지만, 누가 듣거나 보지 못하도록 최대한 주의를 기울였다. 장화를 벗고, 낡고 벌레 먹은 판자들을 최대한 가볍게 디뎠으며, 크고 검은 벨벳 망토를 걸친 뒤 사슬에는 라이징선 윤활유를 조심스럽게 칠했다. 이 마지막 방법을 채택했음이 그로서는 무척 힘겨운 결정이었으리라는 점을 필자도 인정하지 않을 수 없다. 어느 날 밤 오티스 가족이 저녁을 먹을 때 캔터빌의 유령은 오티스 씨의 방으로 슬며시 들어가서 윤활유 병을 들고 나왔다. 처음에는 약간 창피했지만, 시간이 지나면서 분별력을 회복했고, 이 발명품이 매우 훌륭하며 그의 목적에도 꽤 쓸모가 있다는 사실을 인정하지 않을 수 없었다. 이토록 노력했음에도 불구하고, 그는 마음 편하게 지낼 수 없었다. 복도에는 아이들이 줄을 쳐 놓은 탓에 어둠 속에서 걸려 넘어지기 일쑤였다. 한번은 '검은 이삭, 호글리 우즈의 사냥꾼' 역할을 하려고 의상을 갖추어 입었다가 버터 바른 바닥을 딛는 바람에 벌렁 나자빠지고 말았다. 쌍둥이가 '벽걸이 융단 방' 입구에서부터 떡갈나무 층계 꼭대기까지 버터를 온통 칠해 놓은 것이었다. 캔터빌의 유령은 이런 수모를 당하자 분노가 폭발했고, 자신의 위엄과 사회적 지위를 되찾기 위해 마지막으로 한 번 더 노력해 보기로 결심했다. 다음 날 밤 '경솔한 루퍼트, 머리 없는 백작'으로 분장하고 이튿 학교에 다니는 그 무례한 꼬마들을 찾아가기로 계획을 세웠다.

유령이 이 역할로 나타나기는 칠십여 년 만이었다. 정확히 말하자면 이 모습으로 사랑스러운 바버러 모디시 양을 놀라게 한 이후 처음이었다. 그녀는 너무 놀라서 현재의 캔터빌경의 할아버지와 맺었던 약혼을 바로 파기하고 미남 잭 캐슬턴과 함께 그레트너그린으로 달아나 버렸다. 그러고는 저녁 어스름에 무시무시한 유령이 테라스를 배회하도록 내버려 두는 집안에는 절대 시집갈 수 없다고 선언했다. 가엾은 잭은 나중에 원즈워스커먼에서 캔터빌 경과 결투를 벌이다가 총에 맞아 죽었으며, 상심한 바버러 양은 그해가 다 가기 전에 턴브리지웰스에서 세상을 떠났다. 말하자면 모든 면에서 큰 성공을 거둔 역할이었다. 그러나 이 역은 '분장'이 매우 까다로웠다. 초자연적인 세계, 아니 좀 더 과학적인 용어를 사용한다면, 상위 자연 세계의 가장 큰 신비와 관련해서 '분장' 같은 연극 용어를 사용해도 좋을지 모르겠지만, 어쨌든 준비를 하는 데만 꼬박 세 시간이나 걸렸다. 마침내 모든 준비가 끝났을 때 유령은 자신의 외양에 매우 만족했다. 의상과 어울리는 커다란 가죽 승마 장화는 약간 컸고, 말 타는 사람들이 쓰는 대형 권총도 원래 두 개여야 하지만 하나밖에 찾지 못했다. 그럼에도 전체적으로 아주 만족스러웠다. 캔터빌의 유령은 1시 15분에 징두리 벽판에서 미끄러져 나온 뒤, 복도를 따라 살금살금 걸어갔다. 쌍둥이가 자는 방(이제 와서 하는 이야기지만, 그 방은 벽지 색깔 때문에 '파란 침실'이라고 불렸다.)의 문은 약간 열려 있었다. 유령은 극적인 효과를 내며 들어가고 싶었으므로 문을 활짝 열어젖혔다. 그 순간 물이 가득 찬 묵직한 단지가 그를 향해 낙하하며 몸을 흠뻑 적셨다. 단지는 왼쪽 어깨를 아슬아슬하게 빗나갔다. 그와 동시에 사주(四柱) 침대의 이불 속에서 웃음이 터져 나왔다. 유령의 신경계는 큰 충격을 받았고, 있는 힘을 다해서 겨우겨우 자기 방으로 달아날 수 있었다. 다음 날 그는 독한 감기 때문에 하루 종일 누워 있었다. 유일하게 위안이 되는 일이라면 그때 머리를 가져가지 않았다는 사실이었다. 만일 머리를 가져갔더라면 그 결과는 정말 심각했을 터다.

캔터빌의 유령은 이제 이 무례한 미국인 가족에게 겁을 줄 수 있으리라는 희망을 완전히 포기했다. 그는 헝겊 슬리퍼[53]를 신고, 외풍을 막고자 목에 두툼한 붉은색 머플러를 두르고, 쌍둥이의 공격에 대비해서 작은 화승총을 들고 다니는 데에 만족했다. 그럼에도 유령은 9월 19일에 마지막으로 또 한 번 타격을 받고 말았다. 그는 아래층의 커다란 현관으로 내려갔다. 그곳에 있으면 어쨌든 괴롭힘을 당하는 일은 없으리라는 확신이 섰기 때문이다. 그는 현관에서 이제 캔터빌 가문의 그림들을 대신하고 있는 미합중국 목사 부부의 커다란 사진들(사로니[54]가 찍은 사진들이었다.)을 보고 신랄한 논평을 하며 놀았다. 유령은 긴 수의를 입고 있었고, 소박하지만 단정한 차림이었다. 수의 여기저기에 묘지 곰팡이 자국이 있었다. 턱은 노란 아마포 띠로 묶고, 손에는 작은 랜턴과 교회 일꾼이 쓰는 삽을 들고 있었다. 사실 이것은 '무덤 없는 조너스, 처트시 반의 시체 탈취자' 차림으로, 그의 가장 뛰어난 배역으로 꼽히기도 했다. 캔터빌 집안 사람들은 이 캐릭터를 잊을 수 없었다. 이것이 이웃인 러퍼드 경과 싸운 진짜 이유였기 때문이다. 새

---

53   연극 무대에서 유령 배역을 맡은 배우가 발소리를 내지 않으려고 신는 슬리퍼.
54   나폴레옹 사로니는 캐나다 출신의 사진작가로 오스카 와일드의 사진을 찍기도 했다.

벽 2시 15분쯤이었다. 캔터빌의 유령이 확인한 바로는 모두 깊은 잠에 빠져 있었다. 그러나 핏자국이 조금이라도 남았는지 보려고 서재 쪽으로 어슬렁어슬렁 걸어갈 때 갑자기 어두운 구석에서 시커먼 형체 둘이 튀어나오더니 두 팔을 머리 위로 어지럽게 흔들면서 그의 귀에 대고 "우우!" 하고 큰 소리로 야유를 보냈다.

캔터빌의 유령은 공황 상태에 빠졌다. 정황을 보건대 그럴 만도 했다. 유령은 층계를 향해 달려갔다. 그러나 그곳에는 워싱턴 오티스가 정원용 펌프를 들고 기다리고 있었다. 사방에서 적들에 둘러싸여 궁지에 몰리자 유령은 커다란 철제 난로 속으로 사라졌다. 다행스럽게도 난로는 꺼진 상태였다. 유령은 연도와 굴뚝을 통해 방으로 돌아가야 했다. 그는 헝클어진 옷에 먼지를 뒤집어쓴 끔찍한 몰골로 자기 방에 도착했다. 유령은 절망에 사로잡혔다.

이 사건 뒤로 유령은 야간 원정에 나서는 모습을 두 번 다시 보이지 않았다. 쌍둥이가 몇 번 유령을 기다리기도 했다. 매일 밤 복도에 견과 껍질을 뿌려 놓아서 부모나 하인들이 짜증을 내기도 했다. 그러나 소용없었다. 유령은 마음에 큰 상처를 입고 다시는 나타나지 않을 작정인 것 같았다. 그 덕분에 오티스 씨는 예전부터 몇 년 동안 마음먹고 몰두해 오던 민주당의 역사 저술 작업을 계속할 수 있었다. 오티스 부인은 해변에서 대합을 구워 먹는 멋진 미국식 파티를 주최했는데, 이 행사에 지역 사회 전체가 놀라움을 금치 못했다. 아이들은 라크로스, 유커,[55] 포커 등 미국의 국민적 놀이에 전념했다. 버지

---

55 카드놀이의 일종.

니아는 방학 마지막 주에 캔터빌 저택을 찾아온 젊은 체셔 공작과 함께 조랑말을 타고 좁은 길을 돌아다녔다. 모두들 유령이 떠났다고 생각했다. 오티스 씨는 그런 내용의 편지를 캔터빌 경에게 쓰기도 했다. 캔터빌 경은 답장에서 크게 기뻐하며 목사의 훌륭한 부인에게 축하 인사를 전하기도 했다.

　그러나 오티스 가족은 착각하고 있었다. 유령은 여전히 집에 있었기 때문이다. 비록 환자에 가까운 상태였지만 이 상황을 그냥 이대로 내버려 둘 생각은 전혀 없었다. 더군다나 손님 가운데 젊은 체셔 공작이 있다는 이야기까지 들은 다음에야 말이다. 공작의 종조부인 프랜시스 스틸턴 경은 캔터빌의 유령과 주사위 놀이를 하겠다며 카베리 대령과 백 기니 내기를 했다가 다음 날 아침 카드룸 바닥에서 몸이 마비되어 쓰러진 채 발견된 적 있었다. 그는 오래 살기는 했지만 "여섯 점짜리 두 개"라는 문장 외에 결코 다른 말을 하지 못했다. 양쪽 귀족 집안의 감정을 존중해서 입막음하려는 노력이 백방으로 이루어졌음에도 이 이야기는 당시에 널리 알려졌다. 이 사건의 정황과 관련된 세부적인 얘기는 태틀 경의 『섭정궁(攝政宮)과 그의 친구들의 회상』 3권에 담겨 있다. 따라서 유령은 스틸턴 집안에 대한 자신의 영향력이 사라지지 않았음을 보여 주고 싶어서 안달할 수밖에 없었다. 사실 유령은 그 집안과 먼 친척 간이기도 했다. 그의 사촌이 벌클리 씨와 재혼했기 때문이다. 모두가 알다시피 체셔 공작은 벌클리의 직계 후손이었다. 그래서 캔터빌의 유령은 '뱀파이어 수사, 창백한 베네딕틴'에 나오는 유명한 배역을 맡아서 버지니아의 어린 연인에게 나타날 준비를 했다. 이 연기는 유독 무서웠는데, 1764년의 운명적인 마지막 날, 유령의 이런 모습을 목격한 스타트업 부인은 고막을 찢을 듯한 비명을 내질렀다. 결국 스타트업 부인은 뇌졸중을 일으켜서 사흘 뒤에 세상을 떠났는데, 그 전에 캔터빌 집안과 의절하고 모든 돈을 런던의 한 약제사에게 물려주고 말았다. 캔터빌의 유령은 이 캐릭터를 연기할 준비를 다 마쳤으나 마지막 순간에 쌍둥이가 두려워서 방을 나서지 못하고 말았다. 그 덕분에 '왕의 침실'에 묵고 있던 어린 공작은 깃털로 만든 커다란 침대 지붕 밑에서 버지니아 꿈을 꾸며 평온하게 잠잘 수 있었다.

5

그로부터 며칠 뒤 버지니아와 그녀의 곱슬머리 기사는 브로클리 초원으로 말을 타러 나갔다. 버지니아는 산울타리를 통과하다가 옷이 심하게 찢겨서 집에 돌아왔는데, 사람들 눈에 띄지 않게 들어가려고 뒤쪽 층계를 이용했다. 종종걸음으로 달려가는데 문이 열린 '벽걸이 융단 방' 안에 누군가 있는 것 같았다. 버지니아는 가끔 그곳으로 일거리를 가지고 들어가는 하녀라 생각하고 그쪽을 들여다보며 옷을 꿰매 달라고 말했다. 그러나 거기에는 사람이 아니라 캔터빌의 유령이 있었다. 버지니아는 깜짝 놀랐다! 유령은 창가에 앉아, 노랗게 변해 가는 나무에서 떨어진 황금 잎이 허공에 흩날리고, 붉은 잎사귀들이 긴 가로수 길을 따라서 미친 듯이 춤추는 광경을 지켜보고 있었다. 머리는 한 손에 괴어 놓고 있었다. 자세만 보아도 극심한 우울증에 빠졌음을 한눈에 알 수 있었다. 어린 버지니아는 처음엔 달아나서 자기 방에 들어가 문을 잠글 생각이었다. 그러나 유령이 너무 쓸쓸하고 무기력해 보인 까닭에 그만 동정심에 사로잡혀서 그를 위로하기로 마음을 고쳐

먹었다. 그녀의 발걸음이 너무 가볍고, 자신의 우울은 너무 깊었으므로 유령은 그녀가 말을 걸었을 때에야 방 안에 누가 있다는 사실을 알아챘다.

"할아버지 때문에 마음이 정말 안 좋아요." 버지니아가 말했다. "하지만 동생들은 내일이면 이튼으로 돌아갈 거예요. 그러니까 이제부터 얌전히만 계시면 아무도 귀찮게 하지 않을 거예요."

"나더러 얌전히 있으라고 하다니 정말 어처구니가 없구나." 유령은 깜짝 놀란 표정으로 고개를 돌려서 감히 자신에게 말을 붙인 예쁜 소녀를 바라보았다. "정말 어처구니가 없어. 나는 사슬을 덜그럭거려야만 하고, 열쇠 구멍으로 신음을 뱉어야 하고, 밤에 이리저리 돌아다녀야 한단 말이다. 한데 그런 일을 하지 말란 말 아니냐. 그것이 내가 존재하는 유일한 이유인데도 말이야."

"그것은 결코 존재의 이유가 될 수 없어요. 할아버지 스스로도 그 동안 아주 못된 짓을 했다는 걸 잘 아시잖아요. 우리는 여기에 이사 온 첫날, 엄니 부인한테서 할아버지가 부인을 죽였다는 이야기를 들었어요."

"뭐 그거야 인정하지." 유령이 언짢은 표정으로 말했다. "하지만 그건 어디까지나 집안일이야. 다른 사람하고는 상관이 없다."

"어찌 되었든 사람을 죽이는 것은 큰 잘못이에요." 버지니아가 말했다. 그녀는 가끔 청교도적인 근엄함을 달착지근하게 표현하곤 했다. 뉴잉글랜드의 조상으로부터 물려받았음이 틀림없었다.

"아, 추상적인 윤리의 값싼 엄격함이라니, 정말 싫구나!

내 마누라는 아주 못생겼어. 내 주름 칼라에 풀을 제대로 먹인 적도 없지. 요리에 대해서는 아무것도 몰랐어. 그래, 내가 호글리 숲에서 수사슴 한 마리를 사냥한 적이 있었지. 두 살 난 수사슴이었어. 그런데 마누라가 그걸 어떻게 식탁에 올려놨는지 아니? 어쨌든 지금은 상관없어. 다 지난 일이야. 그래도 처남들이 나를 굶겨 죽인 건 결코 잘한 일이라고 생각하지 않아. 아무리 내가 마누라를 죽였어도 그렇지."

"굶겨 죽여요? 오, 유령 할아버지, 아니, 사이먼 경, 지금 배가 고프세요? 도시락에 샌드위치가 하나 있는데. 그거 드실래요?"

"아냐, 사양하겠다. 지금은 아무것도 먹지 않아. 그래도 어쨌든 고맙구나. 너는 지긋지긋하고 무례하고 천박하고 부정직한 네 가족보다는 훨씬 착하구나."

"그만하세요!" 버지니아가 소리치며 발을 굴렀다. "무례하고 또 지긋지긋하고 또 천박한 건 바로 할아버지예요. 그리고 부정직에 대해서 이야기하시는데, 서재의 그 웃기는 핏자국을 다시 칠하려고 제 상자에서 물감을 훔쳐 간 게 할아버지라는 걸 잘 알아요. 처음에는 빨간색을 다 가져가셨어요. 결국 주홍까지 다요. 그래서 저는 석양을 못 그리게 됐죠. 그다음에 할아버지는 에메랄드 녹색하고 크롬 노란색을 가져가셨어요. 결국 남색과 아연백색만 남았죠. 저는 이제 달빛이 비치는 장면밖에 못 그리게 됐어요. 그런 풍경은 보기만 해도 우울한 데다 그리기도 쉽지 않아요. 저는 무척 화가 났지만 그래도 고자질은 하지 않았어요. 게다가 너무 웃기잖아요. 세상에 에메랄드 녹색의 피가 어디 있어요?"

"하긴 그렇구나." 유령은 약간 온화해진 말투로 대답했다.

"하지만 내가 달리 어떻게 할 수 있겠니? 요즘은 진짜 피를 구하기가 어려워. 게다가 네 오빠가 패러건 세제로 그것을 죄다 닦아 내기 시작했으니 내 입장에서는 네 물감을 쓰지 않을 이유가 없다고 생각했지. 그리고 색깔이야 취향 문제 아니겠니. 예컨대 캔터빌 집안의 사람들은 피가 파란색이야. 영국에서 가장 파랗지. 하긴 너희 미국인들이야 이런 종류의 일에는 관심이 없겠지만."

"정말 아무것도 모르시는군요. 할아버지가 할 수 있는 최선의 선택은 이민을 떠나서 생각을 바꾸는 거예요. 아버지가 언제라도 자유 통행권을 주실 거예요. 술[56]에는 종류에 관계없이 높은 관세가 붙지만, 세관을 통과하는 데는 문제가 없을 거예요. 세관원들이 모두 민주당원이니까요. 일단 뉴욕에 가시면 할아버지는 틀림없이 큰 성공을 거두실 거예요. 유령 하나를 얻을 수만 있다면 수십만 달러라도 낼 사람들이 그곳에는 많아요. 가족 유령을 하나 둘 수 있다면 훨씬 큰돈도 지불할 거예요."

"미국이 마음에 들 것 같지가 않구나."

"미국에는 망가진 것도 없고 진귀한 것도 없어서 그러신가 보네요." 버지니아가 비꼬았다.

"망가진 것! 진귀한 것!" 유령이 대꾸했다. "미국에는 해군이 있고 예절이 있잖니."

"안녕히 계세요. 그럼 저는 바로 물러가서 아버지한테 쌍둥이의 방학을 일주일 더 늘려 달라고 해야겠네요."

"제발 가지 마라, 버지니아 양." 유령이 소리쳤다. "나는 정

---

56   spirit. 증류주 혹은 영혼, 유령이라는 뜻이기도 하다.

말 외롭고 비참해. 어찌해야 좋을지 모르겠구나. 가서 자고 싶지만 잠이 오지 않아."

"말도 안 돼요! 그냥 침대로 가서 촛불만 끄면 되는데. 오히려 잠을 자지 않는 것이 어려울 때가 많죠. 특히 교회에서는요. 하지만 잠을 자는 건 어려울 게 하나 없어요. 봐요, 아기들도 할 줄 알잖아요. 똑똑하지도 않은데 말이에요."

"나는 삼백 년 동안 잠을 자지 못했다." 유령이 처량한 목소리로 말했다. 버지니아가 놀라서 아름다운 파란 눈을 번쩍 떴다. "삼백 년 동안이나 잠을 못 잤단 말이다. 그래서 무척 피곤해."

버지니아의 표정이 무거워졌다. 작은 두 입술이 장미 꽃잎처럼 떨렸다. 버지니아는 유령 곁으로 다가가서 무릎을 꿇더니 늙고 시든 얼굴을 쳐다보았다.

"가엾은, 가엾은 유령 할아버지." 버지니아가 중얼거렸다. "잠잘 곳이 없나요?"

"소나무 숲 너머, 멀리 있지." 유령이 꿈에 잠긴 낮은 목소리로 답했다. "그곳에 작은 정원이 있어. 풀이 높고 빽빽하게 자라는 곳이지. 크고 흰 별 같은 독미나리 꽃도 피어. 나이팅게일은 밤새도록 노래를 부르지. 나이팅게일이 그렇게 노래를 부르면, 수정같이 차가운 달이 굽어보고 주목은 잠든 사람들 위로 거대한 두 팔을 뻗지."

버지니아의 눈이 눈물로 흐릿해졌다. 그녀는 두 손으로 얼굴을 가렸다.

"'죽음의 정원'을 말씀하시는군요." 버지니아가 작은 소리로 말했다.

"그래, 죽음. 죽음은 정말 아름답지. 부드러운 갈색 흙 속에 누워 있노라면 머리 위에서는 풀이 물결치고 정적이 귀를 가득 채우지. 어제도 없고, 내일도 없어. 시간을 잊고 삶을 잊고 평화를 누리는 것. 네가 나를 도와줄 수 있겠구나. 네가 나를 위해서 죽음의 집의 문을 열어 줄 수 있겠다. 너에게는 늘 사랑이 함께하니까. 사랑은 죽음보다 강하니까."

버지니아는 몸을 떨었다. 차가운 몸서리가 몸을 훑고 지나갔다. 잠시 정적이 흘렀고, 버지니아는 무시무시한 꿈을 꾸고 있는 기분이었다.

이윽고 유령이 다시 입을 열었다. 그의 목소리는 바람의 한숨 소리 같았다.

"서재 창문에 적힌 오래된 예언을 읽은 적이 있니?"

"아, 여러 번 읽었어요." 어린 소녀가 큰 소리로 말하며 고개를 들었다. "다 외우고 있는걸요. 이상한 검은 글자로 쓰여 있어서 읽기가 어렵긴 하더라고요. 그래도 여섯 줄밖에 안 되던데요.

> 황금 소녀가 죄의 입술에서
> 기도를 얻어 낼 수 있을 때,
> 열매를 못 맺는 편도에 열매가 열리고
> 어린아이가 눈물을 흘려 줄 때,
> 그때가 되면 온 집 안이 고요해지고
> 캔터빌에는 평화가 오리라.

하지만 무슨 뜻인지는 모르겠어요."

"그 말은 말이다." 유령이 서글픈 목소리로 말했다. "네가 내 죄 때문에 나와 함께 울어 주어야 한다는 뜻이다. 나에게는 눈물이 없으니까. 또 네가 내 영혼을 위해서 나와 함께 기도해 주어야 한다는 뜻이다. 나에게는 믿음이 없으니까. 그렇게 하면, 그리고 네가 지금까지 늘 착하고 선하고 상냥했다면, 죽음의 천사가 나에게 자비를 베풀 것이라는 뜻이다. 너는 어둠 속에서 무서운 형체들을 보게 될 거야. 또 사악한 목소리들이 네 귀에 대고 소곤거릴 거야. 하지만 너한테는 아무런 해도 끼치지 못해. 지옥의 권세는 어린아이의 순수함을 이길 수 없기 때문이지."

버지니아는 대답하지 않았다. 유령은 자기 앞에 수그린 황금빛 머리를 내려다보며 견딜 수 없는 절망에 사로잡혀서 두 손을 비틀었다. 갑자기 버지니아가 일어섰다. 얼굴이 몹시 창백했고, 눈에서는 야릇한 빛이 반짝거렸다. "저는 두렵지 않아요." 버지니아가 굳세게 말했다. "할아버지한테 자비를 베풀어 달라고 천사에게 부탁하겠어요."

유령은 희미하게 기쁨의 탄성을 내지르며 자리에서 일어나 버지니아의 손을 잡더니 구식으로 우아하게 허리를 굽히고 손에 입을 맞추었다. 유령의 손은 얼음처럼 차가웠지만 입술은 불처럼 뜨거웠다. 그러나 버지니아는 움츠러들지 않았다. 유령은 그녀를 이끌고 어슴푸레한 방을 가로질렀다. 빛바랜 녹색 태피스트리에는 작은 사냥꾼들이 수놓여 있었다. 사냥꾼들은 술 장식이 달린 나팔을 불면서 그녀에게 돌아가라고 작은 손을 휘저었다. "돌아가! 귀여운 버지니아." 사냥꾼들이 소리쳤다. "돌아가!" 하지만 유령은 그녀의 손을 꽉 잡았다. 버지니아는 사냥꾼들을 보지 않으려고 눈을 질끈 감았다. 벽난로 앞 장식에는 도마뱀 꼬리를 달고 눈알을 희번덕거리는 무서운 짐승들이 새겨져 있었다. 짐승들이 그녀를 보고 눈을 껌뻑이며 중얼거렸다. "조심해! 귀여운 버지니아, 조심해! 우리는 두 번 다시 너를 보지 못할지도 몰라." 그럼에도 유령은 더 빠르게 미끄러져 갔다. 버지니아는 귀를 닫아 버렸다. 방 끝에 이르자 유령은 발을 멈추더니 버지니아가 알아들을 수 없는 단어 몇 가지를 웅얼거렸다. 버지니아는 눈을 떴고, 벽이 서서히 안개처럼 흐릿해졌다. 눈앞에는 커다란 동굴이 시커멓게 입을 벌리고 있었다. 맵고 찬 바람이 주위를 감쌌고, 뭔가가 옷을 잡아끄는 느낌이었다. "얼른, 얼른." 유령이 소리쳤다. "서둘지 않으면 늦어." 곧 이어서 징두리 벽판이 버지니아의 등 뒤에서 닫혔다. '벽걸이 융단 방'은 텅 비었다.

6

십 분쯤 뒤 차를 마시라고 종을 쳤는데도 버지니아가 내려오지 않자 오티스 부인은 하인을 한 사람 올려 보냈다. 잠시 후 돌아온 하인은 버지니아 양이 보이지 않는다고 말했다. 버지니아는 매일 저녁 식탁에 꽂아 놓을 꽃을 꺾으러 정원에 나가는 습관이 있었기 때문에 오티스 부인은 전혀 놀라지 않았다. 그러나 시계가 6시를 알려도 버지니아가 나타나지 않자 걱정이 되기 시작했다. 오티스 부인은 남자아이들을 내보내서 버지니아를 찾게 하고, 자신은 오티스 씨와 함께 집 안의 모든 방을 샅샅이 뒤졌다. 6시 30분에 남자아이들이 돌아와서 아무리 찾아봐도 버지니아의 그림자조차 보이지 않더라고 말했다. 이제 모두 제정신이 아니었다. 어떻게 해야 좋을지 알 수가 없었다. 그 순간 오티스 씨는 며칠 전 집시 무리에게 공원에서 야영을 해도 좋다고 허락했던 일이 떠올랐다. 그는 즉시 장남과 하인 둘을 데리고 집시들이 머무는 블랙펠홀로로 출발했다. 근심으로 거의 미칠 지경이었던 체셔 공작도 같이 가게 해 달라고 간청했으나 오티스 씨는 허락하지 않았다. 집시들과 드잡이가 벌어질지도 모른다고 우려했던 것이다. 그러나 현장에 도착해 보니 집시들은 보이지 않았다. 모닥불이 완전히 꺼지지 않았고 풀밭에 접시도 몇 개 흩어진 광경을 보니 황급히 떠난 모양이었다. 오티스 씨는 워싱턴과 두 하인에게 주위를 뒤져 보라고 명령한 뒤, 집으로 달려가서 지역의 모든 경찰서 경감에게 전보를 쳤다. 부랑자나 집시가 납치해 간 어린 소녀를 찾는다는 내용이었다. 오티스 씨는 말을 가져오라고 명령하고, 부인과 세 아이에게는 평소처럼 저녁을 먹으라고 당부한 다음, 말구종 하나를 데리고 애스컷 길을 따라 달려갔다. 그러나 이 킬로미터도 채 가지 않았을 때 누군가 뒤에서 말을 타고 달려오는 소리가 들렸다. 돌아보니 어린 공작이 조랑말을 타고 쫓아오고 있었다. 얼굴은 시뻘겠고 모자도 쓰지 않았다. "정말 죄송합니다, 오티스 씨." 소년이 숨을 헐떡이며 말했다. "하지만 버지니아가 사라졌는데 저녁이나 먹고 있을 수가 있어야죠. 제발 화는 내지 말아 주세요. 작년에 약혼을 시켜 주셨다면 이런 일은 없었을 거예요. 저를 돌려보내지는 않으시겠죠, 그렇죠? 전 돌아갈 수 없어요! 돌아가지 않겠어요!"

목사는 성가시게 구는 소년을 보고 웃음을 짓지 않을 수 없었다. 잘생긴 어린 공작이 버지니아에게 이렇게까지 헌신적이라니 가슴이 뭉클했다. 오티스 씨는 말에서 허리를 숙여 공작의 어깨를 다정하게 어루만졌다. "그래, 세실, 돌아가지 않겠다면 나와 함께 갈 수밖에 없겠구나. 하지만 애스컷에 가서 모자는 하나 구해야겠다."

"모자는 상관없어요! 제가 원하는 것은 버지니아예요!" 어린 공작이 웃음을 터뜨렸다. 그들은 기차역으로 말을 달렸다. 그곳에서 오티스 씨는 역장에게 버지니아의 생김새를 묘사하며 플랫폼에서 그런 아이를 본 적이 있느냐고 물었지만 원하던 답을 들을 수는 없었다. 그러나 역장은 철로 상하행 쪽으로 모두 전보를 쳤으며, 앞으로 그런 여자아이가 나타나는지 꼭 지켜보겠다고 약속했다. 오티스 씨는 막 문을 닫으려던 직물 가게에서 어린 공작에게 줄 모자를 하나 산 뒤에, 오 킬로미터 넘게 떨어진 마을 백슬리로 말을 달렸다. 그 옆에 공유지가 있어서 집시들이 자주 찾는다는 말을 들었기 때문이다. 그들은 이곳에서 시골 경찰관을 깨웠지만 아무런 정보도 얻을 수 없었다. 결국 공유지를 사방으로 달리며 집시가 있는지 찾아보고는 집으로 말머리를 돌릴 수밖에 없었다. 그들은 상심한 데다 탈진까지 겹쳐서 11시쯤 저택에 도착했다. 워싱턴과 쌍둥이가 대문 옆에서 랜턴을 든 채 그들을 기다리고 있었다. 가로수 길이 무척 어두웠기 때문이다. 그들 역시 버지니아의 흔적을 발견하지 못했다. 브로클리 초원에서 집시들을 찾아냈지만 버지니아는 그들과 함께 있지 않았다. 집시들은 초른 장이 서는 날짜를 착각해서 혹시 늦을까 봐 서두르느라 갑자기 출발했노라고 해명했다. 버지니아의 실종 소식을 듣자 그들 역시 몹시 안타까워했다. 사유지에서 야영하게 해 준 오티스 씨에게 감사하고 있었기 때문이다. 집시 네 사람은 함께 남아서 수색을 돕기까지 했다. 잉어 연못은 바닥까지 뒤졌고 저택 주변도 샅샅이 뒤졌다. 그러나 아무런 성과가 없었다. 이제 버지니아의 실종은 분명한 사실이 되었다. 적어도 그날 밤에는 그렇게 보였다. 오티스 씨와 사내아이들은 몹시 우울한 마음으로 집으로 걸어갔다. 말구종은 말 두 마리와 조랑말 한 마리를 끌고 뒤에서 따라왔다. 현관에는 겁에 질린 하인들이 모여 있었고, 서재의 소파에는 가엾은 오티스 부인이 누워 있었다. 공포와 불안 때문에 거의 제정신이 아니었다. 늙은 가정부는 오드콜로뉴[57]로 그녀의 이마를 씻어 주었다. 오티스 씨는 그녀를 보자마자 뭘 좀 먹으라 말하고, 모두 불러 모아서 저녁을 먹게 했다. 우울한 식사였다. 아무도 입을 열려고 하지 않았다. 심지어 쌍둥이조차 두려움을 느끼는지 푹 가라앉아 있었다. 둘 다 평소에 버지니아를 무척 좋아했기 때문이다. 어린 공작이 간청했지만, 오티스 씨는 식사를 마친 뒤 밤에는 더 할 일이 없으니 모두 자라고 명령했다. 그러면서 아침에 일어나는 대로 스코틀랜드야드에 전보를 보내서 형사 몇 명을 파견해 달라고 요청하겠노라 계획을 밝혔다. 그들이 식당에서 나가는데 시계탑에서 자정을 알리기 시작했다. 마지막 종을 치는 순간, 뭔가 쾅 하고 부딪히는 소리와 함께 날카로운 비명이 들렸다. 더불어 무시무시한 천둥이 집을 흔들고, 지상의 것이 아닌 선율이 허공을 맴돌더니, 층계 꼭대기의 판벽이 큰 소리를 내며 뒤로 날아갔다. 그곳에서 핏기 없이 새하얘 보이는 버지니아가 손에 작은 상자를 들고 층계참으로 걸어 나왔다. 사람들은 모두 버지니아가 있는 곳으로 달려 올라갔다. 오티스 부인은 딸을 뜨겁게 끌어안았다. 공작은 숨 막힐 정도로 격렬한 입맞춤을 퍼부었다. 쌍둥이는 사람들 주위에서 흥겹게 승리의 춤을 추기 시작했다.

"어이쿠! 얘야, 대체 어디 갔던 거냐?" 오티스 씨가 약간 성난 목소리로 물었다. 버지니아가 장난을 쳤다고 생각했기 때문이다. "세실하고 내가 너를 찾아서 말을 타고 군(郡) 전체

---

57 1709년에 독일 쾰른에서 출시된 다용도 화장수.

를 돌아다녔단 말이다. 네 어머니는 겁에 질려서 쓰러질 지경이었고. 다시는 이런 몹쓸 장난을 하지 마라."

"장난은 유령한테만 해! 유령한테만!" 쌍둥이가 깡충거리면서 소리를 질렀다.

"애야, 너를 찾아서 천만다행이다. 다시는 내 곁을 떠나지 마라." 오티스 부인은 중얼거리며, 떨고 있는 아이에게 입을 맞추고 엉킨 금발을 손으로 빗어 주었다.

"아빠." 버지니아가 차분한 목소리로 말했다. "저는 유령과 함께 있었어요. 이제 유령은 죽었어요. 가서 보세요. 아주 악한 유령이었지만 자신이 한 일을 진심으로 회개했어요. 유령은 죽기 전에 아름다운 보석이 든 이 상자를 저한테 주었어요."

온 가족이 말문이 막혀서 버지니아를 빤히 바라보았다. 그러나 버지니아는 엄숙하고 진지했다. 그녀는 몸을 돌리더니 가족을 이끌고 징두리 벽판이 열린 곳을 통해서 좁은 비밀 복도로 걸어갔다. 워싱턴이 탁자에서 촛불을 집어 들고 그 뒤를 따랐다. 이윽고 그들은 커다란 떡갈나무 문 앞에 이르렀다. 그 문에는 녹슨 징이 박혀 있었다. 버지니아가 거기에 손을 대자 묵직한 문이 뒤로 젖혀졌다. 그들은 천장이 낮은 작은 방에 들어섰다. 천장은 원형이었으며 쇠창살이 달린 아주 작은 창이 하나 달려 있었다. 벽에는 거대한 쇠고리가 달려 있고, 여기에 연결된 사슬에는 여윈 해골이 묶여 있었다. 해골은 돌바닥으로 길게 몸을 뻗고 있었다. 살이 없는 긴 손가락으로 구식 나무 접시와 물병을 잡으려고 안간힘을 쓰고 있는 것 같았다. 그러나 접시와 물병은 아슬아슬하게 손이 닿지 않는 곳에 놓여 있었다. 물병 안에 녹색 곰팡이가 핀 것을 보니, 한때는 물이 들어 있었음이 분명했다. 나무 접시에는 먼지만 한 무더기 쌓여 있었다. 버지니아는 해골 옆에 무릎을 꿇고 작은 두 손을 모아서 속으로 기도를 하기 시작했다. 나머지 사람들은 놀란 표정으로 그들 앞에 비밀을 드러낸 처참한 비극의 현장을 멍하니 바라보기만 했다.

"이야!"쌍둥이 하나가 갑자기 탄성을 질렀다. 그는 이 방이 집의 어느 날개 쪽에 속해 있는지 확인하려고 창밖을 내다보고 있었다. "이야! 저 말라비틀어진 늙은 편도나무에 꽃이 피었어요. 달빛에 꽃이 분명하게 보여요."

"하느님이 할아버지를 용서하신 거예요." 버지니아가 엄숙하게 말하며 일어섰다. 그녀의 얼굴에서 아름다운 빛이 뿜어져 나오는 듯했다.

"아, 천사 같은 사람."젊은 공작이 소리치며 팔로 그녀의 목을 끌어안고 입을 맞추었다.

7

이런 기괴한 사건들이 벌어지고 난 뒤, 나흘째 밤 11시쯤 캔터빌 저택에서 장례식이 거행되었다. 검은 말 여덟 마리가 영구차를 끌었다. 말들의 머리에는 모두 까닥거리는 타조 깃털이 한 무더기씩 꽂혀 있었다. 납으로 만든 관에는 짙은 자주색 보를 덮었다. 황금빛으로 수놓인 캔터빌 가문의 문장이 보였다. 영구차와 마차 옆에서 하인들이 횃불을 들고 걸었고, 장례 행렬은 장엄해 보였다. 상주 캔터빌 경은 장례식에 참석하기 위해 웨일스에서 일부러 왔으며, 귀여운 버지니아와 함께 첫 번째 마차에 앉아 있었다. 그 뒤에 미합중국 목사 부부, 그다음에 워싱턴과 사내아이 셋, 그리고 마지막 마차에는 엄니 부인이 탔다. 엄니 부인은 오십여 년 동안 유령을 겁내며 살아왔기 때문에 모두들 그녀가 유령의 마지막 가는 길을 볼 권리가 있다고 여겼다. 교회 묘지 한쪽 구석에 깊은 무덤을 팠다. 늙은 주목 바로 아래였다. 오거스터스 댐피어 신부는 당당한 태도로 장례 미사를 주관했다. 예식이 끝나자 하인들은 캔터빌 가문의 오랜 관습에 따라 횃불을 껐다. 하관이 시작되자 버지니아가 앞으로 나서서 관 위에 하얀색과 분홍색 편도꽃으로 만든 커다란 십자가를 올려놓았다. 그 순간 달이 구름 뒤에서 나오더니 작은 교회 묘지로 소리 없이 은빛 광채를 흘려 보냈고, 먼 관목 숲에서는 나이팅게일이 노래하기 시작했다. 버지니아는 유령이 묘사했던 죽음의 정원을 떠올렸다. 눈물 때문에 앞이 침침했다. 버지니아는 집으로 돌아오는 길에 입을 꼭 다물고 아무 말도 하지 않았다.

다음 날 아침, 오티스 씨는 캔터빌 경이 런던으로 돌아가기 전에 유령이 버지니아에게 준 보석 문제를 꺼냈다. 모두 훌륭한 물건이었다. 특히 옛 베네치아 상감 방식으로 만든 루비 목걸이는 16세기 공예품의 표본이라 할 만큼 훌륭했다. 매우 가치 있는 보석들이었던 터라 딸에게 그것을 가지라고 하자니 여간 마음에 걸리는 것이 아니었다.

"캔터빌 경." 오티스 씨가 말했다. "이 나라에서는 토지만이 아니라 자질구레한 장신구에도 양도 불능의 소유권이 적용된다고 알고 있습니다. 제가 보기에 이 보석들은 캔터빌 경 가문의 가보임이 분명해요. 아니, 반드시 가보가 되어야 해요. 그러니 이것을 런던으로 가져가시기 바랍니다. 그냥 묘한 상황에서 되찾은 가산의 한 부분으로 여기시면 될 것 같습니다. 제 딸은 아이에 불과하므로, 다행스럽게도 아직 그런 한가롭고 사치스러운 생활의 부속물에 대해서는 관심이 없습니다. 또 제 아내는 결코 예술의 권위자라 할 수 없으나, 다만 어렸을 적에 보스턴에서 몇 차례 겨울을 나며 운 좋게 주워들은 것이 있지요. 그 사람 말이 이 보석들은 돈으로 따져도 큰 가치가 있다고 합니다. 팔려고만 하면 엄청난 값을 받을 수 있다는 말이지요. 상황이 이러하니, 캔터빌 경, 저로서는 이 물건

이제 가족의 소유가 되는 것을 허락할 수 없고, 이 점을 이해하시리라 믿습니다. 사실 이런 허황된 장식품과 장난감은 영국 귀족의 위엄에는 어울리고 또 필요할지 몰라도, 공화주의적 소박함이라는 엄격한 원칙, 제가 보기에는 불멸의 원칙이기도 합니다만, 어쨌든 그런 원칙에 따라 성장한 사람들에게는 전혀 어울리지 않습니다. 하지만 버지니아가 그 상자만큼은 그대로 간직할 수 있기를 간절히 바란다는 말씀은 드려야 할 것 같군요. 미혹에 빠져서 불행을 겪었던 캔터빌 경의 조상이 남긴 기념물로 말입니다. 아주 낡은 골동품이고, 따라서 수리하기도 어려우니 제 딸아이의 요청을 부디 불쾌하게 여기지 말아 주세요. 솔직히 말씀드리자면, 저로서는 제 자식이 중세 시대의 물건에 어떤 형태로든 공감하는 상황이 매우 놀라울 따름입니다. 제 아내가 아테네 여행에서 돌아온 직후, 런던 교외에서 버지니아를 낳았다는 사실 말고는 달리 그런 경향을 설명할 근거가 없군요."

캔터빌 경은 엄숙한 표정으로 이 훌륭한 목사의 말을 경청하면서 저도 모르게 떠오르는 미소를 감추고자 이따금 회색 콧수염을 잡아당겼다. 오티스 씨가 이야기를 마치자 그는 다정하게 손을 잡으며 말했다. "목사님, 목사님의 매혹적이고 귀여운 따님은 우리의 불행한 조상 사이먼 경에게 아주 큰 은혜를 베풀어 주었습니다. 저와 우리 가족은 따님의 놀라운 용기와 담력에 매우 감사하고 있습니다. 그 보석들은 분명히 따님 것입니다. 만일 제가 무정하게도 그것을 따님에게서 빼앗아 간다면, 그 사악한 늙은이가 두 주 뒤에 다시 무덤에서 기어 나와 저에게 지옥 같은 인생을 맛보게 할 것입니다. 아까 가보 이야기를 하셨는데, 유언장이나 법적 문서에 언급되지 않은 물건은 가보가 아닙니다. 우리는 이런 보석들이 있는지도 몰랐습니다. 분명히 말씀드리지만 저에게는 목사님의 집사와 마찬가지로 아무 권리가 없습니다. 버지니아 양이 장성하면 아마 기쁜 마음으로 그 예쁜 보석을 달고 다닐 테죠. 그런데 목사님은 감정 가격으로 이곳의 가구와 유령을 있는 그대로 받아들이기로 했던 사실을 잊으셨나 보군요. 그렇게 하셨으니 유령에게 속한 것은 무엇이 되었든 즉시 목사님의 소유가 되는 것이지요. 사이먼 경이 밤에 복도에서 어떤 활동을 했건 법적 관점에서 보자면 그는 사망한 것이며, 목사님은 이곳을 사면서 그의 소유물까지도 다 구입한 것입니다."

오티스 씨는 캔터빌 경의 거절에 몹시 상심하여 결정을 재고해 달라고 간청했다. 그러나 선량한 귀족의 입장은 변함없었다. 마침내 목사는 딸이 유령의 선물을 간직하는 것을 허락했다. 그래서 1890년 봄, 젊은 체셔 공작 부인이 갓 결혼한 몸으로 여왕의 제1응접실에 앉게 되었을 때, 그녀의 보석은 모든 사람의 감탄을 자아냈다. 버지니아는 어린 연인이 성년이 되자마자 혼인하여 귀족의 관을 쓰게 되었으니, 착하고 귀여운 미국 소녀라면 응당 받아야 하는 상을 받은 셈이었다. 두 사람 모두 매력적이었을 뿐만 아니라 서로를 극진히 사랑하였기 때문에 누구든 이들의 결합을 바라보며 기쁨을 느꼈다. 딱 두 사람만이 예외였는데, 한 사람은 늙은 덤블턴 후작 부인이었다. 그녀는 미혼인 딸 일곱 명의 혼사를 위해 공작을 잡고자 값비싼 만찬 파티를 무려 세 번이나 열었기 때문이다. 이상하게 들리겠지만 또 한 사람은 오티스 씨였다. 오티스 씨는 어린 공작을 개인적으로 매우 좋아했지만, 공식적으로 귀족제에 반대하는 사람이었다. 그의 말을 빌리자면 "쾌락을 사랑하는 귀족의 퇴폐적인 영향 때문에 공화주의적 소박함의 진정한 원리가 잊힐지도 모른다는 불안이 없지 않았기"때문이다. 그러나 그의 반대는 아무런 소용이 없었다. 사실 오티스 씨가 자신의 팔에 매달린 딸과 함께 하노버스퀘어의 세인트조지 성당의 통로를 따라 걸어갈 때, 영국 어디를 훑어보아도 그보다 더 자부심에 찬 남자는 찾아볼 수 없었다.

공작과 공작 부인은 신혼여행이 끝난 뒤 캔터빌 저택으로 내려왔다. 그들은 그곳에 도착한 다음 날 오후, 소나무 숲 옆의 쓸쓸한 교회 묘지까지 산책을 했다. 예전에 장례식을 치렀을 때 사람들은 사이먼 경의 묘비에 어떤 비문을 새길지 쉽게 결정을 내리지 못했다. 그러다가 마침내 늙은 신사의 이름 머릿글자와, 서재 창문에 적힌 시구만 새기기로 했다. 공작 부인은 예쁜 장미 몇 송이를 가져와서 무덤에 뿌렸다. 신혼부부는 무덤 옆에 잠시 서 있다가 오래된 대수도원의 제단이 있는 곳까지 천천히 걸어갔다. 폐허나 다름없었다. 공작 부인은 쓰러진 기둥에 앉았다. 남편은 그녀의 발치에 누워 담배를 피우면서 그녀의 아름다운 눈을 쳐다보고 있었다. 갑자기 공작은 담배를 내던지더니 부인의 손을 잡으며 말했다. "버지니아, 아내는 남편에게 비밀이 없어야 해."

"세실! 나는 당신한테 비밀이 없어."

"아니, 있어." 공작은 웃음을 지으며 말했다. "유령과 함께 갇혀 있을 때 무슨 일이 있었는지 말해 준 적 없잖아."

"그건 누구한테도 말한 적 없어, 세실." 버지니아가 진지한 얼굴로 말했다.

"알아. 하지만 나한테는 말해 줄 수도 있잖아."

"제발 그런 요구는 하지 마, 세실. 그건 당신한테도 말할 수 없어. 가엾은 사이먼 경! 나는 그분한테 큰 신세를 졌어, 정말이라고. 웃지 마, 세실. 정말로 큰 신세를 졌어. 그분 덕택에 나는 삶이 무엇인지, 죽음이 무엇을 의미하는지, 왜 사랑이 삶과 죽음보다 강한지 알게 되었단 말이야."

공작은 일어서서 아내에게 다정하게 입을 맞추었다.

"내가 당신 마음을 가지고 있는 한, 당신은 당신 비밀을 가지고 있어도 좋아." 공작이 중얼거렸다.

"당신은 늘 내 마음을 가지고 있어, 세실."

"언젠가 당신 아이들한테는 말해 주겠지, 그렇지?"

버지니아는 얼굴을 붉혔다.

모범적인 백만장자
— 찬사

부자가 아니라면 매력적이어도 아무런 소용이 없다. 로맨스는 실업자의 일이 아니라 부자의 특권이다. 가난한 사람들은 실질적이고 재미없는 생활을 해야 한다. 매력적이기보다 안정된 수입이 있는 편이 더 낫기 때문이다. 휴기 어스킨은 이런 근대적 삶의 위대한 진리를 전혀 깨닫지 못한 사람이었다. 가엾은 휴기! 물론 지적인 면에서는 그가 대단치 않다는 사실을 인정할 수밖에 없다. 그는 평생 한 번도 똑똑한 소리, 심지어 심술궂은 소리조차 해 본 적이 없다. 그럼에도 그는 빼어나게 잘생긴 외모를 갖추었다. 곱슬곱슬한 갈색 머리, 깎아 낸 듯한 옆모습, 잿빛 눈. 그는 여자들만큼이나 남자들에게도 인기가 좋았으며, 돈을 버는 것만 빼면 모든 면에서 놀라운 성취를 이루었다. 그의 아버지는 기병대의 검과 『반도 전쟁의 역사』[58] 열다섯 권을 물려주었다. 휴기는 검을 거울 위에 걸어

---

[58]   군인이자 군사 역사가 윌리엄 네이피어(William Francis Patrick Napier, 1785~1860)가 이베리아 반도 전쟁의 역사를 기록한 책.

놓고, 책은 러프의 《가이드》와 베일리의 《매거진》 사이에 꽂아 두고, 늙은 숙모가 일 년마다 주는 이백 파운드로 생활을 했다. 휴기는 온갖 일을 다 해 보았다. 여섯 달 동안 증권 거래소에도 나가 보았다. 하지만 황소와 곰[59] 사이에서 나비가 무슨 일을 한단 말인가? 그보다는 약간 길게 차(茶) 장사도 해 보았지만 피코와 소종[60]에 곧 질리고 말았다. 그다음에는 쌉쌀한 셰리주(酒)를 팔아 보기도 했다. 그러나 이것도 답이 아니었다. 셰리는 지나치게 썼다. 결국 그는 아무 일도 하지 않게 되었다. 완벽한 옆모습에 직업은 없는 쾌활하고 무능한 청년이 된 것이다.

엎친 데 덮친 격으로 그는 사랑에 빠졌다. 그가 사랑한 처녀는 로러 머튼이었다. 그녀의 아버지는 은퇴한 대령으로, 인도에서 자제력과 소화 기능을 잃어버린 후 결국 둘 다 회복하지 못했다. 로러는 휴기를 사모했으며, 휴기는 로러의 구두끈에 입이라도 맞출 태세였다. 이들은 런던에서 가장 잘생긴 한 쌍이었지만 돈은 한 푼도 없었다. 대령은 휴기를 무척 좋아했지만 약혼 이야기는 들으려고 하지도 않았다.

"자네 마음대로 쓸 수 있는 돈 일만 파운드가 생기면 오게나, 젊은이. 그때 생각해 보자고." 대령은 그렇게 말하곤 했다. 그런 날이면 휴기는 무척 우울해 보였으며, 결국 위로를 받으러 로러에게 갈 수밖에 없었다.

휴기는 어느 날 아침, 머튼 가족이 살고 있는 홀랜드파크로 가는 길에 절친한 친구 앨런 트레버에게 잠깐 들렀다. 트레

---

59   증권 시장에서 황소는 상승 시장, 곰은 하락 시장을 가리킨다.

60   피코와 소종은 모두 홍차의 종류이다.

버는 화가였다. 사실 요새는 거의 모두가 화가이긴 하지만. 그러나 트레버는 또 예술가이기도 했는데, 예술가는 요즘도 드문 편이다. 트레버는 독특하고 거친 사람이었다. 얼굴에는 주근깨가 많고 붉은 수염이 텁수룩했다. 그러나 일단 붓을 잡으면 진짜 거장이었다. 그의 그림은 사람들에게 매우 인기를 끌었다. 트레버가 처음에 휴기에게 끌린 까닭은, 전적으로 휴기라는 인간의 개인적인 매력 때문이었다. 트레버는 이렇게 말하곤 했다. "예술가가 알아야 할 사람들은 오직 어리석고 아름다운 사람들뿐이야. 눈으로 보면 예술적 쾌락을 주고 대화를 하면 지적인 휴식을 주는 사람들. 멋쟁이 남자들과 귀여운 여자들이 세상을 지배하지. 아니라면 그렇게 되어야 해." 그러나 휴기를 더 잘 알게 된 뒤로는 그의 밝고 활기찬 정신과 관대하고 대범한 천성도 좋아하게 되었다. 그래서 그에게 자기 스튜디오의 영구 입장권을 주었다.

휴기가 들어서자 트레버는 실물 크기의 멋진 거지 그림에 마지막 손질을 하고 있었다. 거지는 스튜디오 한쪽 구석에 놓인 단 위에 서 있었다. 완전히 시들어 버린 노인으로 얼굴은 주름진 양피지 같았으며, 표정은 처량하기 그지없었다. 어깨에는 여기저기 찢어져 누더기가 된, 올이 성긴 망토를 걸치고 있었다. 두꺼운 장화에도 여기저기 기우고 때운 자국이 있었다. 한 손은 거친 지팡이를 짚고 있었으며 다른 손은 적선을 바라며 낡은 모자를 내밀고 있었다.

"놀라운 모델이로군!" 휴기가 작은 소리로 말하며 친구와 악수를 했다.

"놀라운 모델이라고?" 트레버가 큰 소리로 외쳤다. "나도 그렇게 생각하네! 저런 거지는 매일 만날 수 없지. Trouvaille, mon cher.[61] 벨라스케스의 그림이 살아 움직이는 것 같아! 굉장해! 렘브란트라면 저 사람을 가지고 대단한 에칭을 만들었을 텐데 말이야!"

"가엾은 노인네로구먼!" 휴기가 말했다. "정말 비참해 보여! 하지만 자네 같은 화가들에게는 저 얼굴이 저 사람의 팔자겠지?"

"물론이지." 트레버가 대답했다. "설마 거지가 행복해 보이기를 바라는 건 아니겠지, 안 그래?"

"저렇게 모델 노릇을 하면 얼마나 버나?" 휴기가 소파의 편안한 자리에 앉으며 물었다.

"한 시간에 일 실링."

"자네는 그림으로 얼마나 버는데, 앨런?"

"아, 이걸로 이천은 받지!"

"이천 파운드?"

"이천 기니. 화가, 시인, 의사는 늘 기니로 받는다네."

"그럼 저 모델도 그 돈을 나누어 가져야 할 것 같군." 휴기가 소리치더니 웃음을 터뜨렸다. "모델도 자네만큼 열심히 일하니까 말이야."

"말도 안 돼, 말도 안 돼! 글쎄, 혼자서 물감을 칠하고, 하루 종일 이젤 앞에 서 있다고 생각해 보게. 얼마나 고생인지 말이야! 그래, 다 좋아, 휴기, 그렇게 말할 수도 있지. 하지만 분명히 말하는데 예술이 육체노동의 위엄에 이르는 순간도 있지. 어쨌든 이제 잡담은 그만두게. 나는 바빠. 담배나 피우면서 입 좀 다물고 있게."

---

61   프랑스어로, "대단한 발견이지, 친구."라는 뜻이다.

잠시 후에 하인이 들어오더니 액자 가게에서 트레버와 이야기를 하고 싶어 한다고 전했다.

"도망가지 말게, 휴기." 트레버는 밖으로 나가며 말했다. "금방 돌아올 거야."

늙은 거지는 트레버가 자리를 비운 틈을 이용해 뒤에 있는 나무 의자에 앉아서 잠깐 쉬었다. 노인이 너무 쓸쓸하고 비참해 보였으므로 휴기는 동정심이 일었다. 그는 호주머니를 뒤져서 가진 돈이 얼마나 되는지 보았다. 금화 한 닢과 동전 몇 닢뿐이었다. '가엾은 노인네.' 휴기는 속으로 생각했다. '이건 나보다 이 노인네한테 필요해. 하지만 이걸 줘 버리면 나는 두 주 동안 마차를 못 타고 걸어 다녀야겠지.' 휴기는 스튜디오를 가로질러 가서 거지의 손에 금화를 쥐어 주었다.

노인은 깜짝 놀랐다. 그의 시든 입술 위로 희미한 웃음이 번졌다. "고맙습니다, 선생님." 노인이 말했다. "고맙습니다."

그때 트레버가 돌아왔고, 휴기는 자신이 한 일이 쑥스러워서 얼굴을 약간 붉히며 자리를 떴다. 휴기는 그날 하루를 로러와 함께 보내면서 거지에게 돈을 써 버린 일 때문에 애교 섞인 꾸지람을 듣기도 했다. 그는 걸어서 집에 돌아가야 했다.

그날 밤 11시쯤 휴기는 어슬렁어슬렁 팰릿 클럽으로 들어갔다. 트레버는 끽연실에 혼자 앉아서 혹과 셀쳐[62]를 마시고 있었다.

"그래, 앨런, 그림은 잘 완성했나?" 휴기가 물어보며 담배에 불을 붙였다.

"완성해서 액자까지 둘렀지!" 트레버가 대답했다. "그런

62　혹(Hock)은 라인 지방의 백포도주이고, 셀쳐(Seltzer)는 독일산 탄산수이다.

데 자네는 그사이에 사람 마음 하나를 빼앗았더군. 자네가 본 그 늙은 모델이 자네한테 완전히 빠져 버렸네. 그래서 자네 이야기를 다 해 주어야 했어. 자네가 누구인지, 어디 사는지, 수입이 얼마인지, 전망이 어떤지……."

"이런, 앨런." 휴기가 소리쳤다. "집에 가면 그 노인네가 나를 기다리고 있을지도 모르겠군. 물론 자네야 지금 농담을 하는 거겠지만. 가엾은 노인네! 내가 뭘 해 줄 수 있으면 좋으련만. 사람이 그렇게 비참해질 수 있다니 생각만 해도 무서운 일이야. 집에 낡은 옷이 잔뜩 있는데 그걸 주면 좋아할까? 그 노인네가 입은 누더기는 당장이라도 찢어질 것 같더구먼."

"하지만 그걸 입으니 훌륭해 보이지 않던가." 트레버가 말했다. "만일 프록코트를 입고 있었다면 절대 그 사람을 그리지 않았을 걸세. 자네가 누더기라고 부르는 것을 나는 로맨스라고 부르지. 자네한테는 가난으로 보이는 것이 나에게는 그림으로 포착할 만한 모습이야. 어쨌든 자네 제안은 전하도록 하지."

"앨런." 휴기가 진지한 얼굴로 말했다. "화가들은 정말 무정한 족속이로군."

"예술가는 심장이 머리라네." 트레버가 대답했다. "게다가 우리가 하는 일은 우리가 아는 세상을 개혁하는 것이 아니라 우리가 보는 세상을 구현하는 것이지. A chacun son métier.[63] 로러는 어떻게 지내는지 이야기 좀 해 보게. 늙은 모델이 로러한테도 큰 관심을 보이던데."

"설마 그 노인네한테 로러 이야기까지 한 건 아니겠지?" 휴기가 말했다.

---

63 프랑스어로, "다 자기 몫이 있는 거지."라는 뜻이다.

"했고말고. 그 노인네는 잔인한 대령과 예쁜 로러, 일만 파운드에 대한 얘기 등 모르는 것이 없네."

"그 늙은 거지한테 내 개인적인 일을 다 이야기했다고?" 휴기는 화가 나서 시뻘게진 얼굴로 소리쳤다.

"이보게나." 트레버가 웃음을 지으며 말했다. "자네가 늙은 거지라고 부르는 사람은 유럽에서 제일가는 부자로 꼽히는 사람이야. 은행에 넣어 둔 돈만 적당히 찾아도 내일 당장 런던 전체를 살 수 있어. 각 나라 수도마다 집이 있고, 금 접시로 식사를 하고, 원한다면 러시아가 전쟁에 나서는 일을 막을 수도 있지."

"그게 대체 무슨 말인가?" 휴기가 소리쳤다.

"내 말은 오늘 자네가 스튜디오에서 본 노인이 하우스베르크 남작이라는 걸세. 나의 절친한 친구이고, 내 그림을 죄다 사 주는 사람이지. 한 달 전에는 돈을 주면서 자기를 거지로 그려 달라더군. Que voulez-vous? La fantaisie d'un millionnaire![64] 사실 말이지 누더기를 입으니까 훌륭해 보이더군. 참, 그 누더기는 내 걸세. 스페인에서 구한 낡은 옷이지."

"하우스베르크 남작이라고!" 휴기가 소리쳤다. "맙소사! 내가 그 사람한테 금화 한 닢을 주었는데!" 휴기는 낙담한 표정으로 팔걸이의자에 주저앉았다.

"그 사람한테 금화 한 닢을 주었다고!" 트레버는 소리치더니 웃음을 터뜨렸다. "이보게, 그 돈은 두 번 다시 보지 못할 걸세. Son affaire c'est l'argent des autres.[65]"

---

64 프랑스어로, "무슨 상관인가? 백만장자의 환상이라네!"라는 뜻이다.

65 프랑스어로, "남의 돈을 손에 넣는 것이 그가 하는 일이지."라는 뜻이다.

"말을 해 줬어야지, 앨런." 휴기가 침울한 표정으로 말했다. "그랬으면 내가 그렇게 멍청한 짓을 하지 않았을 것 아닌가."

"글쎄, 우선, 휴기, 나는 자네가 그렇게 무모하게 적선을 하고 다닐 줄은 생각도 못 했네. 예쁜 모델한테 입을 맞추는 일이야 이해할 수 있지만, 추한 모델한테 금화를 주다니……. 맙소사, 그럴 수가! 게다가 사실 나는 오늘 누구도 만날 생각이 아니었네. 자네가 들어왔을 때 하우스베르크 남작이 자신의 이름을 밝히는 것을 좋아할지 아닐지도 알 수 없었지. 그 노인네가 사람을 만날 만한 옷차림도 아니었으니까 말이야."

"나를 완전히 바보로 알았겠군!" 휴기가 말했다.

"그렇지 않아. 자네가 나간 뒤에 아주 기분이 좋던데. 혼자 낄낄거리며 주름진 두 손을 비비더라고. 나는 그 노인네가 왜 그렇게 자네에게 관심을 가지는지 이해할 수 없었지. 하지만 이제야 알겠군. 그 노인네는 아마 자네를 위해 그 금화를 투자할 걸세, 휴기. 그래서 여섯 달마다 이자를 지불할 거야. 그 대가로 그 사람은 저녁 식사 뒤에 사람들에게 늘어놓을 좋은 이야깃거리를 얻은 셈이지."

"나는 정말 운도 없는 놈이야." 휴기가 으르렁거렸다. "내가 할 수 있는 최선의 일이란 집에 가서 자는 거겠군. 이보게, 앨런, 이 이야기는 아무한테도 하면 안 되네. 그랬다간 동네에 얼굴 내놓고 다니기 힘들 거야."

"무슨 소리! 그건 자네의 박애 정신을 보여 주는 최고의 증거 아닌가, 휴기. 그리고 도망치지 말게. 담배나 한 대 더 피워. 그리고 로러 이야기나 실컷 해 보게."

그러나 휴기는 그대로 자리를 떠나서 집으로 걸어갔다. 기분이 아주 언짢았다. 뒤에 남은 앨런은 발작을 일으키듯 웃음을 터뜨렸다.

다음 날 아침 식사를 하는데 하인이 명함을 한 장 들고 왔다. 거기에는 이렇게 적혀 있었다. "하우스베르크 남작 대리, 무슈 구스타프 노댕." '사과를 받으러 온 모양이군.' 휴기는 속으로 중얼거리며 손님을 들이라고 말했다.

금테 안경을 끼고 머리가 하얀 노신사가 방으로 들어왔다. 그는 프랑스 악센트가 약간 섞인 영어로 말했다. "무슈 어스킨 맞습니까?"

휴기는 고개를 숙였다.

"하우스베르크 남작께서 보내서 왔습니다. 남작께서는 ……."

"제가 진심으로 사과한다고 전해 주시기 바랍니다." 휴기가 더듬더듬 말했다.

"남작께서는……." 노신사는 웃음을 띤 얼굴로 말했다. "저더러 이 편지를 전해 드리라고 하셨습니다." 노신사는 봉인된 봉투를 내밀었다.

겉봉에는 '휴 어스킨과 로러 머튼에게 늙은 거지가 보내는 결혼 선물'이라고 쓰여 있었고, 그 속에는 일만 파운드짜리 수표가 들어 있었다.

두 사람이 결혼했을 때 앨런 트레버는 들러리를 맡았고, 남작은 결혼 축하 조찬에서 연설을 했다.

"백만장자 모델은 드물지." 앨런이 말했다. "하지만 정말이지 모범적인 백만장자[66]는 더욱 드물다네."

---

66 백만장자 모델은 millionaire models, 모범적인 백만장자는 model millionaires 라고 표기한다.

옮긴이   서울대학교 영문학과를 졸업하고 같은 대학원을 졸업했다.
정영목   전문 번역가로 활동하며 현재 이화여대 통역번역대학원 교수로
재직 중이다. 지은 책으로 『완전한 번역에서 완전한 언어로』,
『소설이 국경을 건너는 방법』이 있고, 옮긴 책으로 『카탈로니아
찬가』, 『오스카 와일드 작품선』, 『바르도의 링컨』, 『로드』, 『말
한 마리가 술집에 들어왔다』, 『새버스의 극장』, 『미국의 목가』,
『에브리맨』, 『울분』, 『포트노이의 불평』, 『바다』, 『하느님 이
아이를 도우소서』, 『달려라, 토끼』 등이 있다. 『로드』로 3회
유영번역상을, 『유럽 문화사』로 53회 한국출판문화상(번역
부문)을 수상했다.

아서 새빌 경의   1판 1쇄 찍음 2022년 4월 22일
범죄   1판 1쇄 펴냄 2022년 4월 29일

지은이 오스카 와일드
옮긴이 정영목
발행인 박근섭, 박상준
펴낸곳 (주)민음사

출판등록 1966. 5. 19. 제16-490호
서울특별시 강남구 도산대로1길 62(신사동)
강남출판문화센터 5층 06027
대표전화 02-515-2000 팩시밀리 02-515-2007
www.minumsa.com

© 정영목, 2022. Printed in Seoul, Korea

ISBN 978 89 374 2986 6 04800
ISBN 978 89 374 2900 2 (세트)